KB096128

CREATE NOW!
당장 써!

가이아 뱅크스, 휴 바커, 루시 포셋, 조지 모슬리,
그리고 우리 가족과 친구들의 끊임없는 응원에 감사드립니다.
또한 함께 일했던, 많은 배움을 주신 분들께도
진심으로 감사드립니다.

Create Your Own Universe

First published in Great Britain in 2017 by LOM ART,
an imprint of Michael O'Mara Books Limited

9 Lion Yard
Tremadoc Road
London SW4 7NQ

CREATE NOW!
당장 써!

1판 1쇄 발행 2021년 10월 30일
1판 3쇄 발행 2021년 11월 12일

지은이 맥라우드 형제 | 옮긴이 이영래
펴낸이 이수정 | 펴낸곳 북드림

기획 및 진행 신정진, 진수지, 권수신
마케팅 이운섭

등록 제2020-000127호
주소 서울시 송파구 오금로 58, 916호(신천동, 잠실 아이스페이스)
전화 02-463-6613 | 팩스 070-5110-1274
도서 문의 및 출간 제안 suzie30@hanmail.net

ISBN 979-11-91509-16-8 (03800)

※ 책값은 뒤표지에 있습니다.
※ 잘못된 책은 구입처에서 교환해 드립니다.

디즈니, 드림웍스, BBC가 선택한 크리에이터
맥라우드 형제의 창작 기법 바이블

CREATE NOW!
당장 써! 맥라우드형제 지음

북림

창조하는 기쁨을
즐겨봐.
너만의 세계관을 …

✳ **Contents** ✳

✳ Introduction ✳

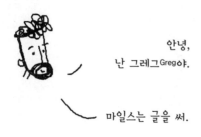

안녕,
난 그레그Greg야.

마일스는 글을 써.

난 마일스Myles야.

그레그는
그림을 그리지.

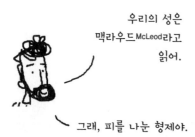

우리의 성은
맥라우드McLeod라고
읽어.

그래, 피를 나눈 형제야.

노르웨이와 스코틀랜드의
역사를 잘 모르는 사람은
'매클라우드'라고
발음하기도 해.

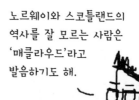

우린 지난 몇 년 동안
디즈니, 드림웍스, 아드만, BBC,
로열셰익스피어컴퍼니 같은
여러 회사와 함께 글을 쓰고
그림을 그리고 애니메이션을
만들었어.

감사하게도
상도 몇 번 받았어.

편집자 주: 'McLeod'는 '맥레오드'로 표기하는 것이 일반적이지만 스코틀랜드 출신인 작가의 요구에 따라 '맥라우드'라 표기했어.

우리는 무언가 만들어내는 걸 좋아해. 너도 그렇지?
우린 모두가 새로운 아이디어를 떠올리고 그 아이디어에
날개를 달 수 있기를 바라는 마음으로 이 책을 만들었어.

지난번에도 책을 한 권 냈는데,
『번뜩이는 아이디어, 어떻게 얻나 A Book of Brilliant Ideas:
And How to Have Them』였어.
자유롭게 창작 활동을 즐기도록 응원하는 책이야.

그 뒤를 이어 이 책을 만든 거야.
어떻게 아이디어를 얻고, 그 아이디어에
어떤 형태를 입혀서 '세상과 공유하고
싶은 것'으로 창조해 낼지 이야기하는 책이지.

너를 창작의 세계로
초대할게.

재미있는 실습 과정을 잔뜩 실었어.
실력을 기르기 위한 과제도 있고
긴장을 풀어주는 간단한 연습도 있어.

글쓰기와 그리기 훈련도 있어.
네가 스스로를 작가라 여기든,
일러스트레이터나 가내 수공업자라
부르든 상관없어. 너를 정해진 범주에
가두거나 네가 어떤 사람이어야 한다고
따질 사람은 여기 없으니까.
창조적이라는 건 늘 새로운 걸
시도한다는 의미잖아.

네가 만든 창작물을
소셜 미디어에 공유해 봐.
그땐 '#cyoucreate'라는
해시태그를 달아줘.

Part 1

***

시작의 끝

완성된 예술 작품, 완성된 TV 프로그램, 완성된 책의 문제는 '너무' 완벽하다는 거야. 창작 활동에 도움될 만한 작품을 보다 보면 영감을 얻기도 하지만, 때로는 좌절감에 빠지기도 해.

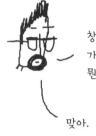

창작의 역사에서
가장 헤프게 쓰이는 말이
뭔 줄 알아?

'천재!'

맞아.

그 사람은 천재야.

그 작가 책이라면
전부 읽었어.
지독한 천재 작가야.

이 노래, 천재적인걸

두말할 것도 없이
완벽하고 치명적이고
놀라워! 천재적 음악가야.

아~~~~!

고된 작업과 포기하지 않는 의지의 결과지.
평범한 사람이 자신을 불태워
창조해 내는 놀랍고 멋진 창작품.
사람들은 그걸 좋아해.

전부 그런 건 아니지만,
천재적이라는 것 가지고
작품이 완성되는 건 아니야.

넌 천재야.
어쩜 내 마음에 쏙 드는
말만 하니.

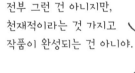

고마워. 너도 그래.

괴물을 그려봐

왜?

까칠하긴! 알았어.

잔말 말고 옆쪽의
빈 공간에 괴물을 그려봐,
알겠지?

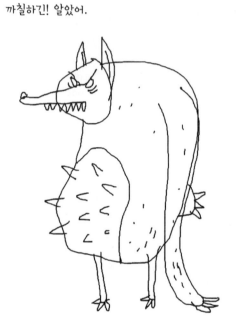

괴물의 이름은? ....

괴물들은 뭘 할 수 있어? ....

괴물들은 언제 태어났을까? ....

괴물들의 약점은 뭐지? ....

네가 그린 괴물 그림을 소셜 미디어에 공유하고 싶다고? '#cyoucreate'라는 해시태그를 달아줘.

이제 우리는 새로운 세계관을 창조할 거야. 애니메이션 회사에서 우리 둘이 늘 하는 일이지. 캐릭터, 장소, 이야기가 떠오르는 대로 바로 여기 이 책에 기록할 거야. 그래서 우리는 이 책을 '창작의 바이블'이라고 부르기도 해.

여기서 바이블은 '성경책(The Bible)'이 아니라….

'성경 같은 책'을 말하는 거지.

'창작의 바이블'은 '너만의 세계관'을 창조하기 위해 필요한 모든 것을 담는 도서관 같은 거야. 네 '창작의 바이블'이 아이디어로 넘칠 수 있도록 우리가 도와줄게. 너는 글을 쓰고 그림을 그리면서 작업하게 될 거야. 우리 둘이 평소에 하는 일이지. 혼자 하든 여럿이 함께하든 너는 이 책을 완성할 수 있어. 만일 이 책을 한 권 더 사서(^.^) 완전히 새로운 아이디어로 채우겠다면 그것도 환영해.

우리는 캐릭터를 만들고 세상과 장소를 탐구하다가 마지막에는 이야기를 창작할 거야. 새로운 세상을 설계하려면 이런저런 잡다한 일이 많아. 실제 생활에서 자료를 모으고 모든 것을 새로 만들어야 해. 하지만 네게 가장 해주고픈 말은 이거야.

"당장 써!"

DON'T WAIT FOR PERMISSION TO BE CREATIVE

CREATE NOW!

썩 물러가라, 내면의 비평가야!

때로는 시작도 하기 전에 글을 쓰고 싶은 마음이 사그라들기도 해. 아이디어가 떠오를 때마다 내면의 비평가가 불쑥 끼어들어서 이렇게 속삭이거든.

"어디선가 본 적이 있어!"

"절대 될 리가 없어."

"좋은 아이디어이기는 한데 능력 밖이야."

자, 먼저 비평가 녀석의 입을 틀어막아!

내면의 비평가를 여기에 그려봐. 대체 어떻게 생긴 녀석일까?

새장을 그려서 녀석을 가둬버려.
그리고 재갈을 물려!

하하! 내면의 비평가 녀석, 너는 새장에 갇혔어.
꼼짝 말고 거기 있으라고!

그레그 배가 고프거나 우울할 때면 나 자신이 예술 할 자격도 없는 쓰레기, 사기꾼 같다는 생각이 들어. 다른 사람의 작품을 보면 하나같이 천재적이라 결코 오르지 못할 나무 같고. 그러다 점심을 배불리 먹으면 아직 인정받지 못했을 뿐이지 나도 다른 천재들처럼 뛰어난 능력을 가졌다고 생각하게 돼. 예술가의 길을 가는 것이 전 우주적 사명임을 깨닫지.

마일스 몇 년 전 여름, 영국에서 아주 잘나가는 극작가의 강연을 들으러 간 적이 있어. 그날 누군가 "공연을 올리면서 작품이 형편없어서 걱정된 적이 있느냐?"고 물었지. 그 작가는 여러 작품을 전 세계 무대에 올렸고, 여왕에게 '경'이란 칭호까지 받았어. 지금까지 쓴 극본만 70편이 넘고 말이야. 그런데 그 작가 말이, 새 연극을 무대에 올릴 때마다 그렇게 초조하대. 여전히 '재능 없는 사기꾼'이란 비난을 들을까 봐 불안에 시달린다는 거야. 그 얘기를 들으니 괜히 힘이 나더라. 창작자라면 누구나 불안에 떤다는 얘기잖아. 나만 그런 게 아니라. 하지만 뒤집어 생각하면 오히려 기운 빠지는 이야기이기도 해. 영원히 불안감에서 벗어날 수 없다는 뜻이니까!

넌 네 능력에 추호의 의심도 없다고?
아니, 그것도 안 돼.

의심은 자신이 창조한 것을 다시 돌아보고
재평가하는 성장 촉진제 같은 거거든!

YOU ARE ALLOWED TO BE AN ARTIST

넌 자격이 충분해! ─────────

마일스 혹시 네가 멋진 창작자가 될 수 있을까 스스로를 의심하고 있어? 뭐가 두려운 거야? 그걸 여기 적어봐. 그리고 거울을 보면서 외쳐! 두려움을 떨쳐버려!

"너는 나를 못 이겨!"

 와우, 무슨 심리 치료 같은데!

창작 과정에서 무엇보다 필요한 건 '멈추지 않는' 거야. 첫 결과물은 너덜너덜하고 뒤죽박죽이어도 되니까 끝까지 완성해. 다시 손볼 수 있으니 걱정하지 말고. 낙서하듯 끼적여놓은 캐릭터의 첫 스케치, 막 떠올린 것 같은 시, 곡의 초고·초안만 있으면 다음 작업을 할 수 있어. 한마디로 '원료'를 얻은 거지. 원료를 더 멋진 무언가로 탈바꿈시킬 시간이야. 그런데 그 순간 멈춰야 할 이유가 수만 가지나 생기네.

스페인어부터
배워야겠어.

참고 서적을 주문해서
받을 때까지 기다려야 해.

운동을 해야 하니까
필라테스 학원에 등록해야지.

다음 휴가 계획부터 세우자.

백 년 동안 소식이 끊긴
친구에게 전화해 볼까.

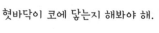

혓바닥이 코에 닿는지 해봐야 해.

닥치는 대로!

날마다 메일함을 열면 스팸 메일이 쏟아져 들어와 있어. 우리라고 못 할쏘냐!
스팸 메일을 한번 써보자고. 나와 마일스는 이렇게 썼지.

매일 띵똥거리는 위젯 님, 위젯 님과 친구분들께 제안 하나 드려요.
필요하시다면 데스몬드Desmond라는 이름의
작고 재주 많은 앵무새를 헐값에 드립니다.

자, 너도 써봐!

무엇이 창작의 시간을 방해할까?

스마트폰, 난 네가 너무 그리워.

다른 건 없어? 여기에 쓰거나 그려봐.

마일스 난 책을 쓰려고 예술위원회의 지원금을 받아야겠다고 마음먹었어. 일할 시간이 줄어드니까 현금 구할 방법을 찾는 것도 나쁘지 않다고 생각했지. 이웃에 사는 유명 작가에게 의견을 구했더니 그분 말이, 내가 시간을 낭비하고 있대. 지금 할 일은 '앉아서 쓰는 것'뿐이라고. 시간 끌 생각은 그만두란 얘기지. 그분은 부커상 최종 심사까지 갔으니 뭔가 알고 하신 말씀일 거야.

꼭 해야 할 일이 있어서 창작을 멈춰야 한다고? 아래에 그 리스트를 적고 줄을 그어버려. 그 일들이 너를 붙잡고 늘어지지 못하도록 말이야.

- -

- -

- -

- -

- -

- -

- -

- -

- -

- -

편집자 주: 부커상(Booker Prize)은 세계적 권위의 영국 문학상이야. 2016년, 우리나라 작가 한강이 『채식주의자』로 이 상을 수상했어.

괴물을 그려봐

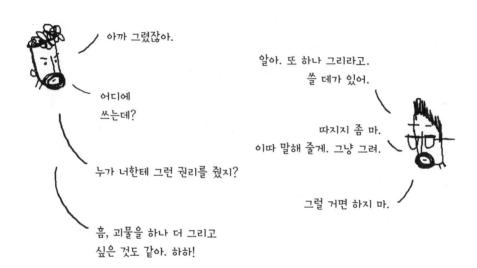

아까 그렸잖아.

어디에
쓰는데?

누가 너한테 그런 권리를 줬지?

흠, 괴물을 하나 더 그리고
싶은 것도 같아. 하하!

알아. 또 하나 그리라고.
쓸 데가 있어.

따지지 좀 마.
이따 말해 줄게. 그냥 그려.

그럴 거면 하지 마.

괴물의 이름은? ⋯⋯⋯⋯⋯⋯⋯⋯⋯⋯⋯⋯⋯⋯⋯⋯⋯⋯⋯⋯

괴물이 바라는 것은? ⋯⋯⋯⋯⋯⋯⋯⋯⋯⋯⋯⋯⋯⋯⋯⋯⋯⋯⋯

괴물은 밤에 나올까 낮에 나올까? ⋯⋯⋯⋯⋯⋯⋯⋯⋯⋯⋯⋯⋯⋯

괴물은 어떤 맛 아이스크림을 가장 좋아해? ⋯⋯⋯⋯⋯⋯⋯⋯⋯⋯⋯

네가 그린 괴물 그림을 소셜 미디어에 공유하고 싶다고? '#cyoucreate'라는 해시태그를 달아줘.

그레그 자, 여기까지가 시작의 끝이야.

마일스 의심과 두려움을 접고, 내면의 비평가를 잠재운 뒤 뭔가를 만들어봐.

그레그 '나만의 세계관'을 창조할 준비를 마치고 행복하게 웃는 너를 그려봐.

Part 2

✳✳✳

처음의 시작

태초에 아무것도 없었다.
그런데 갑자기…

쾅!

쾅이 있었다.

우주에 더는 쾅이 없어서 쾅은 외로웠다.

내가 너무 큰 쾅이 아니었나 싶어 쾅은 내내 걱정을 했다.

'너무 과했을까?'

그렇다고 모든 게 나쁘기만 한 건 아니었다. 어울려 놀 바위와

함께 빈둥거릴 기분 좋고 따스한 별들도 갑자기 생겨났다.

몇몇은 노란색이었다. 노란색은 크디큰 쾅, 빅뱅이 가장 좋아하는 색깔이었다.

뭐 해?

몰라. 그냥 쓸데없는 짓.
빅뱅 이야기를 만들고 있어.

그래? 그러니까 빅뱅이
사람인 것처럼?

음, 그렇지.

내가 뭐랬지?

그러니까…
더 많이 하라고?

그거야. 계속해.

아이디어가 전혀 떠오르지 않을 때가 있니? 아이디어가
마구 넘쳐난 적은? 아이디어가 다 쓸모없어 보일 때도 있지?
스스로 불우한 천재 같기도 하고? 어제는 정말 마음에 들었던 아이
디어가 오늘은 전부 허튼소리 같기도 하지?
시작하고 보니 절대 마무리할 수 없을 것 같은
아이디어도 있지? 스스로 형편없는 화가, 작가, 음악가,
인간 같을 때도 있어?

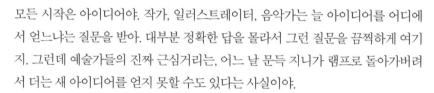

창작을 멈출 수가 없을 때는? 그런 적 있다고?
자, 그럼 크리에이터의 삶에 들어온 거야. 환영해.

모든 시작은 아이디어야. 작가, 일러스트레이터, 음악가는 늘 아이디어를 어디에
서 얻느냐는 질문을 받아. 대부분 정확한 답을 몰라서 그런 질문을 끔찍하게 여기
지. 그런데 예술가들의 진짜 근심거리는, 어느 날 문득 지니가 램프로 돌아가버려
서 더는 새 아이디어를 얻지 못할 수도 있다는 사실이야.

그렇다면 아이디어는 어디에서 올까?

보통 사랑, 죽음, 분노나 다른 예술 작품에서 영감을 얻어. 영감은 걷고 있을 때 찾
아오는 경우가 많아. 공상 과학 소설을 쓰는 존 윈덤John Wyndham은 어느 밤 시골길
을 걷다가 아이디어가 떠올랐대. 길 양옆의 울타리가 밤하늘과 분간이 안 될 정도
로 어두웠는데, 그때 갑자기 높은 나뭇가지가 아래로 휙 움직여서 자신을 찌를 것
만 같았대. 뒷날 그 경험은 『트리퍼드의 날』이라는 소설로 탄생해. 식인 식물이 나
오는 아주 훌륭한 작품이지.

마일스 우리 아이디어는 어디에서 올까, 그레그?

그레그 음, 이유는 모르겠지만 우리 이야기 대부분은 이웃과 관련이 있어. 주로
바다가 배경이고.

마일스 그래? 의미하는 바가 뭘까?

그레그 우주가 우리에게 바닷가로 이사 가서 친구를 사귀라고 얘기하는 게 아닐까?

아이디어는 어디에서 나올까?

너는 아이디어가 어디에서 나온다고 생각해? 가장 쓰고 싶은 이야기, 그리고 싶은 그림이 있어? 아이디어가 어디에서 나오는지 상상해 봐. 현실성 같은 건 잠시 잊어. 깊이 고민하지 말고 생각이 떠오르는 대로 빠르게 써봐. 예를 들어,

아이디어는…

사르가소 바다에 있는 외발원숭이에게서 나와. 외발원숭이들은 인간 세상에 알려진 가장 좋은 생각을 뱃노래로 불러.

아이디어는…

아프리카 콩고에 있는 아이디어 광산에서 나와. 아이디어 채굴 전문가들에게 램프, 스케치북, 구식 녹음기를 들려서 땅속 깊이 내려보내는 거야. 가장 유명한 아이디어 채굴가는 디에고 폰타나 후에고Diego Fontana Juego야. 소설 『전쟁과 평화』의 줄거리를 통째로 캐서 톨스토이에게 3코펙(구소련의 화폐. 100분의 1루블)을 받고 팔았다지.

아이디어는…

아이디어는…

우리 생각이 좀 어처구니없지? 코믹 애니메이션을 많이 만들어서 그런가 봐. 네 이야기는 우리랑 다를 거야. 슬프거나 분노로 가득하거나 정치적일 수도 있겠지. 네 이야기를 듣고 싶어.

식인 식물 괴물을 그려봐

또 다른 괴물을 그려볼 시간이야.
식물의 모습을 한 식인 괴물을 그려봐.

뭐야! 우린 벌써 괴물을
두 마리나 그렸다고.

괴물을 많이 그려놓으면
나중에 어디든 써먹을 데가 생겨.

오! 그래?
왜 진작 말 안 했어?

괴물의 이름은?

....

가을에는 괴물에게 무슨 일이 일어날까?

....

괴물은 인간 먹이를 어떻게 죽일까?

....

괴물은 취미가 무엇일까?

....

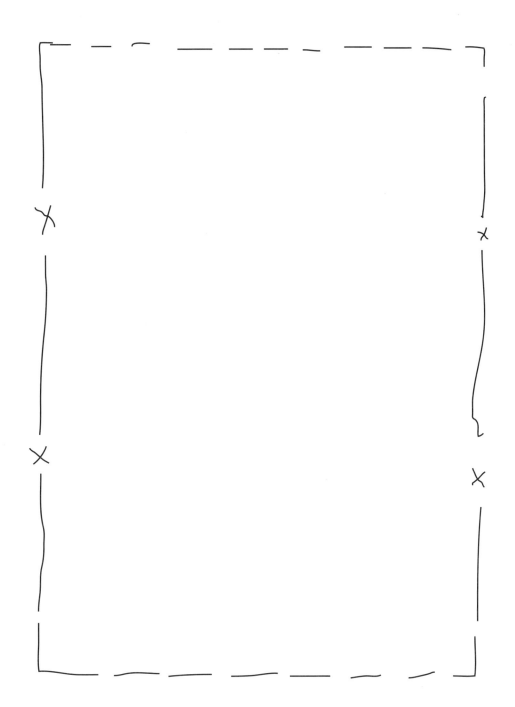

크리에이터 커뮤니티

아이디어를 만들고 개발하는 데 정말 중요한 게 또 하나 있어. 바로 창작자들의 모임, 크리에이터 커뮤니티야. 네 주변에 창의적인 사람이 많니? 넌 글을 쓰거나 그림을 그리거나 음악을 즐기는 사람들과 가까이 지내?

셰익스피어는 극작가가 되겠다고 마음먹고 작은 고향 마을을 떠나 대도시 런던으로 갔어. 런던은 더 많은 사람에게 작품을 선보일 기회뿐만 아니라 크리에이터 커뮤니티로 셰익스피어를 이끌었어. 셰익스피어는 극작가들은 물론이고 배우와 음악가 등 다양한 창작자에게 둘러싸여 영감을 주고받을 수 있었지.

그럼 크리에이터가 되려면 다들 대도시로 가야만 할까?

높은 물가와 비싼 생활비를 기꺼이 감당할 자신이 있다면 모를까, 그건 아냐. 다행히 우리는 원하기만 하면 커뮤니티를 쉽게 찾을 수 있는 시대에 살고 있어. 꼭 같이 일하지 않아도 돼. 창작자의 삶을 살고자 하는 사람들이 옆에 있는 것만으로도 도움이 돼. 네가 뭔가 끼적이면 어깨너머로 흘깃대며 "그림 그려? 애도 아니고!"라고 비아냥대는 사람들 대신 말이야. **으, 정말 싫어!**

멋대로~

그냥 재미로 하는 거야. 이 그림을 완성해 봐.

닥치는 대로!

기다리고 기다리던 시간, 닥치는 대로! 오늘은 소설을 써보자. 열정적이고 흥미진진한 연애 소설의 첫 구절을 써보는 거야.

마일스 오~예! 이런 거라면 노팅힐 서점에서 파는 에코백 같은 거 말이지? 관광객에게 미친 듯이 팔릴 거야. 안 그래?

그레그 그 안에 매력적인 이야기가 담겨 있다면 더 그렇겠지.

피터Peter는 한 달도 전부터 블루스트리트 옷가게에서 점찍어둔, 딱 붙는 가죽 바지를
오늘 드디어 사 입었다. 피터는 오늘 페테르Peter로 새로 태어났다.
예전의 피터는 죽었다. 페테르여, 영원하라!

그레그 이게 네 연애 소설의 첫 문장이야?

마일스 더 읽고 싶어?

그레그 전혀.

자, 이제 네 차례야. 너의 연애 소설의 첫 단락을 써봐!

아이디어 작업

마일스 이건 뭐야?

그레그 아이디어야. 막 도착했어.

마일스 아무 모양도 없어 보이는데?

그레그 그래, 새 거잖아. 내면의 형태가 드러날 때까지 우리가 조금씩 깎아내야 해.

마일스 조각하듯이?

그레그 그래.

마일스 오, 최고의 비유였지?

그레그 쉿! 아이디어가 뭐라고 하는지 들어봐.

넌 아이디어가 넘칠지도 모르겠다. 그 많은 아이디어 중에서 공들여 다듬을 아이디어를 어떻게 가려낼래? 골라낸 아이디어는 어떻게 할 거야?

아이디어를 골라내는 건 어렵지 않아. 귀 기울이는 일에 불과하거든. 유난히 너를 닦달하는 아이디어가 있을 거야. 아이디어에도 라이프 사이클이 있다는 걸 기억해야 해.

'나야 나! 번뜩이는 아이디어!
날 믿어줘!'

너는 '시간을 거슬러 항해하는 배' 이야기를 영화로 만들겠다고 생각해 왔어. 거미 다리에 지은 작은 집 스케치도 그렇고, 파란 신발을 신은 개코원숭이에 대한 노래 가사도 이 아이디어와 관련되어 있지. 그럼 적어도 오늘만큼은 그 아이디어에 집중해야 해. 아이디어의 라이프 사이클이란 한참 매만지다가 시들해지면 잠깐 서랍 속에 넣어두는 걸 말해. 서랍 속 아이디어의 운명은 둘로 갈라지지.

1. 포기하지 않고 고통의 극한을 통과한다(의뢰받은 프로젝트라면 이렇게 해야 하지).
2. '다시 봐야겠다'는 생각이 들 때까지 서랍 속에 둔다(뭉근히 익히고 싶다면 이렇게 해. 묵히다 끝날 수도 있다는 사실만 기억하고!).

어느 쪽이든 엄청난 시간을 들여야 해. 그런 시도 자체가 헛수고라고 느껴지는 '창작의 의심'에 휩싸일 때도 있어. 당연한 과정이야.

아이디어를 말해 봐

네 아이디어를 들려줘. 퍼뜩 생각나거나 오래 기억에 남는 아이디어가 있니? 낙서를 끼적이다가 맘에 들어서 더 발전시키고 싶은 아이디어는 없어? 아니면 자꾸 떠오르는 인생의 순간들은? 지극히 개인적인 일이 다른 사람에게 공감을 살 수도 있어. 생각만 해도 화가 치미는 일이 있다고? 그럼 그게 하고 싶은 이야기일지도 몰라.

자꾸 머릿속을 맴도는 아이디어나 이야기, 그림이 있어? 그걸 글로 쓰거나 그림으로 그려 봐. 겨우 두 페이지에 불과해! 멈추지 말고 가득 채워봐! 반짝반짝 빛나는 기록이 될 거야.

머릿속을 맴도는 생각들

CREATIVITY DOESN'T COME FROM DRUGS AND BOOZE.

창의력은 약이나 술에서 나오지 않는다.
창의력은 충분한 수면에서 나온다.

CREATIVITY COMES FROM HAVING A GOOD NIGHT'S SLEEP.

공모전과 행사

내 안에서 창조성이 마구 꿈틀거리는데 어떻게 해야 할지 모를 때가 있어. 그럴 땐 공모전이나 소셜 미디어SNS 행사에 참여해 봐. 네게 나침반이 되어줄 거야.

그레그 공모전에서 트로피까지 거머쥔다면 더욱 뿌듯하겠지만 그건 덤일 뿐이야.

마일스 이런 작업의 좋은 점은 범위가 정해져 있다는 거지.

그레그 공포물, 범죄물, 판타지물처럼 구체적인 장르로 나뉘지.

마일스 아니면 반란, 상징, 자비 같은 키워드가 주어지기도 해.

그레그 대상 연령층이나 글자 수에 제한이 있을 수도 있어.

편집자 주: 우리나라에도 다양한 공모전이 있어. 어떤 창작자든 자신이 하는 작업과 관련된 카페에 가입하면 공모전 안내를 받을 수 있어. 시나리오나 글을 쓴다면 네이버의 '시나리오 기승전결', 그림을 그린다면 '방사'에 가입하면 돼. 공적인 기관의 공모전이라면 '한국콘텐츠진흥원'이 매년 가장 큰 규모의 공모전을 열고 있어.

아이디어는 얼마나 많아야 할까?

아이디어는 자꾸 샘솟는데 시간이 부족하다고? 그것도 참 곤란한 일이지. 우리 둘은 그럴 때 아이디어를 얼른 손보고 서랍에 넣어둬. 이제 막 끓어오르는 열정을 포착해서 간단히 매만진 뒤에 적절한 순간이 올 때까지 묵혀두는 거지. 단편 영화는 보통 이런 식으로 작업해. 짤막한 애니메이션이나 시놉시스가 시작이야.

하루, 일주일, 한 달 동안 아이디어를 얼마나 내야 할까? 정답은 없어. 사람마다 다 다르거든. 하나의 아이디어에 매달려 30년을 쏟아붓는 열정적인 사람들도 간혹 있어. 그런 사람들은 자기 아이디어 이야기를 끝도 없이 늘어놓을 거야. 상대가 듣든 말든 말하고 싶어 안달이 났을 테니까. 입 냄새까지 지독하면 상황은 더 심각해지지. 정신 건강을 위해서라도 그런 사람은 피하도록 해. 네가 그런 사람이라면 제발 다른 아이디어 좀 가져봐.

"내가 어린이 교육 시리즈로 정말 놀라운 아이디어를 하나 가지고 있는데 얘기해 줬었나? 제목은 '안내양 구둣주걱과 연필 친구들'이야."

"아…!"

그래도 가장 나쁜 건 아무것도 하지 않는 거야. 시작하지 않으면 나아질 것도 없잖아. 그냥 저질러. 때로는 멋진 작품을 만들 테고 때로는 쓰레기 같은 작품도 만들겠지. 괜찮아. 그냥 계속해. 여유가 있으면 뒤돌아보면서 성공하지 못한 이유만 찾아보면 돼. 연극배우들은 자기 공연을 녹음해 되풀이 들으면서 잘한 부분과 잘못한 부분을 확인한대. 대사가 매끄러워질 때까지 그렇게 거듭 고쳐가는 거지.

때로는 창조성과 아이디어가 바닥난 느낌을 받을 때도 있을 거야. '이제 그만 포기해야 하나?' 싶기도 하겠지. 흔히 있는 일이야. 어떻게든 창작에 대한 열정을 다시 불태우고자 노력해야 한다고 여길지 모르지만, 그렇지 않아. 뭔가 텅 빈 기분이 들면 다시 삶의 경험을 채울 때라고 여겨. 그래야 창작욕에 불을 지필 무언가를 얻게 돼. 자, 그럴 땐 치료법이 있어.

- 잠자기

- 자책하지 말기 · 책 읽기

- 여행하기 · 친구 만나기

좋아하는 게 뭐야? 뭘 할 때 충만함을 느껴? 언제 영감이 떠올라?
그런 것들을 여기에 써봐. 아니면 그림으로 그리든지.

_____

_____

_____

_____

_____

음악을 그려보자

아무 생각 없이 무언가 끼적이는 것도 좋아. 긴장을 풀고 오롯이 그 순간에 빠져들 수 있거든. 재즈 음악을 들으면서 어떤 기분인지 가만히 느껴봐. 물론 힙합이든 로큰록이든 상관없어. 네가 느낀 음악을 그려보는 거야.

우리는 떠오르는 생각, 아이디어에 집중했어. 아이디어가 어디에서 나오는지는 분명하면서도 불가사의한 미스터리야. 아이디어는 생각하는 과정에서 생기지만, 하늘의 계시처럼 불쑥 머릿속으로 들어오기도 하거든.

어쨌든 중요한 것은 가만히 귀 기울여 아이디어의 소리를 알아듣고 기록하는 거야. 더 발전시키고 싶은 아이디어를 가려낼 수 있도록 말이지. 그런 뒤 캐릭터, 세상, 이야기의 창조 과정을 살펴보기로 해!

이제 처음의 시작이 끝난 거야?

그래, 처음의 시작 끝!

Part 3

***

캐릭터

그레그 캐릭터를 만드는 건 청소와 비슷해.

마일스 어디에서 시작하고 어디에서 끝낼지 도통 알 수가 없거든.

그레그 캐릭터를 만들 땐 올바른 방법이나 잘못된 방법 같은 건 없어.

마일스 아는 사람을 그대로 옮겨놓은 캐릭터도 있어.

그레그 자기 성격의 한 부분을 표현한 캐릭터도 있지.

마일스 뉴스나 역사 속에서 만난 흥미로운 인물을 본떠 만들 수도 있어.

그레그 문득 네 머릿속으로 훅 들어왔을 수도 있고.

마일스 캐릭터는 스케치, 소리, 인용문, 음악에서 나오기도 해.

그레그 어떤 캐릭터든 네가 알아갈수록, 그러니까 자꾸 쓰고 자꾸 그리고 자꾸 생각할수록 성장해 가. 캐릭터는 혼자 존재하지 않아. 하지만 책이든 TV 프로그램, 영화, 그래픽 노블이든 이야기 중심에는 하나의 캐릭터가 있어. 가끔은 서로 주위를 맴도는 두 캐릭터가 있기도 하지. 하지만 대부분 주요 캐릭터는 하나야. 주인공이라고 하지. 주인공은 네가 창조하는 다른 모든 캐릭터에 영향을 줘. 그들은 모두 주인공을 받쳐주고, 돕고, 자극하고, 맞서기 위해서 존재해. 주인공이 태양이라면 다른 캐릭터는 태양 주위를 도는 행성들인 셈이지.

마일스 영국의 유명한 극작가 말이, 자기는 아는 사람을 모델로 캐릭터를 만드는데 아무도 눈치채지 못하게 성별을 바꾼대. 그럼 다들 자기가 그 캐릭터의 모델인지 짐작도 못 한대.

네가 아는 독특한 인물을 자세히 묘사해 봐. 상상 속 인물이라고 가정하는 거야.
다음 쪽에는 그 사람 모습을 그려봐.

~~~~~~

~~~~~~

~~~~~~

~~~~~~

~~~~~~

~~~~~~

~~~~~~

~~~~~~

~~~~~~

~~~~~~

~~~~~~

~~~~~~

~~~~~~

~~~~~~

그 사람을 그리자!

비서 괴물

방금 네가 아는 누군가로 캐릭터를 만들어냈어. 이제 그 캐릭터와 꼭 붙어 다니는 괴물이 있다고 상상해 보자. 친구나 동료 같은 똑똑한 괴물일 수도 있고, 귀여운 애완 괴물일 수도 있고, 늘 지니고 다녀야 할 부적 같은 것일지도 몰라.

괴물의 이름은? ....

그 사람과 괴물의 닮은 점과 다른 점은? ....

....

괴물의 발가락은 몇 개일까? ....

괴물이 불을 뿜을 수 있어? 불은 무슨 색깔이야? ....

여기에 괴물을 그려봐!

그레그 이봐, 괴물 캐릭터가 너무 많잖아.

마일스 라그 베소를 누라프 그런티 먼트.

그레그 뭐?

마일스 괴물들의 언어로 '나도 알아. 근사하잖아!'라는 뜻이야.

그레그 지긋지긋하다.

수염과 머리카락

엉뚱한 짓 좀 해볼까? 머리 모양으로 성격을 표현해 봐.

A교수

B교장

K양

D여사

E군

F판사

일단 즐겨!

캐릭터를 처음 만들 때는 나중에 써먹지 못할까 봐 미리 걱정하지 마. 그냥 즐겨! 언젠가는 매력 넘치는 캐릭터들이 탄생하게 돼. 구체적인 모습을 떠올려보는 것도 방법이야. 실제로 캐릭터를 그리거나 닮은꼴 배우를 찾아보는 거지.

캐릭터를 대충 만들었으면 서로 어떻게 관계를 엮을지 고민해야 해. 다들 어떤 사이일까? 누가 친구이고 앙숙이지? 왜? 두 얼굴을 가진 캐릭터는 누구일까? 누가 비밀을 감춘 캐릭터지?

얽히고설킨 인연을 머릿속이나 노트에 그려봐. 그러면 캐릭터들이 스스로 자기들만의 관계, 자기들만의 세상을 창조해 갈 거야. 그 안에서 이야기의 아이디어를 얻을 수도 있어. 캐릭터들이 서로 관계 맺고 사는 세상에 대해 생각해 볼 수도 있고.

여기 몇 가지 캐릭터가 있어.

다음 쪽에 너만의 캐릭터들을 그려봐. 너무 깊이 고민하지 말고 일단 그려. 네가 작가든 시인이든 일러스트레이터든 음악가든 배관공이든 아무 상관없어. 중요한 건 아이디어를 떠올리는 일이야. 네가 무엇을 창조해 낼지 기대할게.

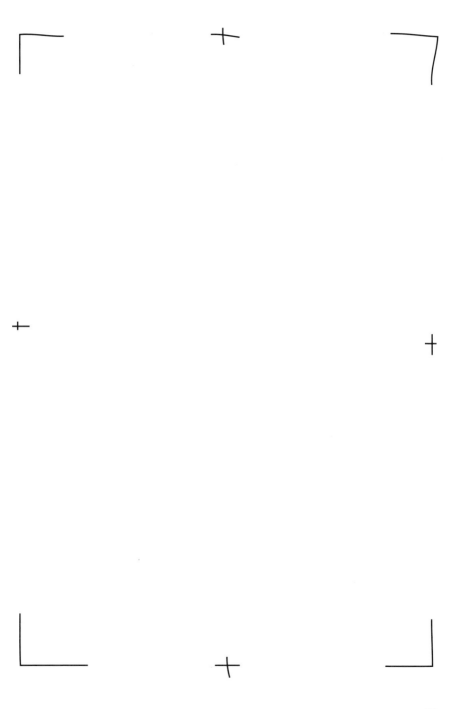

무엇이 먼저일까?

세상을 창조할 때 꼭 캐릭터부터 만들어야 하는 건 아니야. 특정한 사건이나 장소에서 이야기를 시작할 수도 있어. 방법은 여러 가지지!

네가 생각한 이야기에 어울릴 캐릭터를 만든다고 해보자. 넌 우연히 악마를 소환한 사람 이야기를 하고 싶은 거야.

그 사람은 누구일까? 그 사람은 악마에게 어떻게 반응할까? 악마가 원하는 건 뭘까?

_____

_____

_____

_____

_____

_____

_____

_____

_____

_____

_____

_____

특정한 장소라는 아이디어에 영감을 얻어서 캐릭터를 만들고 있다고 해보자. 너는 높은 산으로 둘러싸인 비밀스런 계곡을 배경으로 이야기를 쓰려고 해.

누가 이 장소를 발견할까? 계곡에는 누가 살까? 그들은 계곡에서 무슨 일을 할까? 그들이 원하는 건 뭘까?

_____

_____

_____

_____

_____

_____

_____

_____

_____

_____

_____

_____

내적 세계와 외적 세계

책과 영상물의 캐릭터는 어떻게 다를까? 책에서는 캐릭터의 생각을 엿볼 수 있어. 하지만 영상물에서는 따로 내레이션을 붙이지. 이펙트를 사용하니까 귀에 거슬리는 경우가 많아. 몰입을 방해하기도 하고…. 책 속의 캐릭터는 활자만으로도 내면의 세계로 쉽게 끌고 가잖아?

책과 반대로 영상물이라면 캐릭터를 보여줘야 해. 내면은 시청자들이 판단하게 하고 물리적인 행동을 보여줘. 그게 캐릭터의 욕구를 드러나게 하고 그래서 모습에 더 주목하게 돼. 영상물에서는 물리적인 행동을 보고 그들의 욕구를 이해하지.

밥과 헬렌 - 그래픽 노블

밥과 헬렌 - 영화 리보드

아, 헬렌! 미안. 네가 여기 있는 줄 몰랐어.

기억나는 영화 있어? 가장 마음에 드는 등장인물은 누구야? 생각났으면 구체적으로 떠올려봐. 왜 좋아해? 그 캐릭터의 진짜 모습은 어떤 장면에서 나와?

뭘 보고 그 캐릭터를 파악할 수 있었어? 외모? 대사? 행동?

CHARACTER IS ACTION

그래, 캐릭터는 행동이야.

캐릭터는 대사가 많지. 중요 인물이라면 멋진 대사도 있을 거야. 하지만 정말 중요한 건 행동하거나, 행동하지 않는 걸로 보여주는 거야.

그레그 마일스, 어째서 캐릭터는 행동인지 예를 보여줘야지.

마일스 좋은 생각이야, 그레그!

셰익스피어의 희곡 〈리처드 3세〉 3막 7장에서 리처드는 왕이 되고 싶지 않다고 불평해. 그리고 왕위를 물려받으라고 간청하는 사람들에게 말해.

"그대들은 어찌 나에게 이런 짐을 지우려 드오? 국가나 왕관은 나에게 어울리지 않소. 그대들에게 간절히 바라건대, 기분 나쁘게 받아들이지는 마시오. 나는 그대들에게 굴복할 수도 없고, 그렇게 하지도 않을 것이오."

그의 말은 분명해. 왕이 되고 싶지 않다는 거지. 하지만 행동(형을 살해하고, 조카를 몰아내는)을 보면 그가 진정 원하는 게 무엇인지 알 수 있어. 자신이 '그들에게 필요한 군주'임을 보여주기 위해 겸손한 척할 뿐이지. 리처드의 진정한 자아는 살인을 일삼는 포악한 악당이라는 거야.

〈스타워즈: 에피소드 4. 새로운 희망〉에서 밀수업자 한 솔로 Han Solo는 마지막 큰 싸움을 앞두고 보상금을 챙겨서 떠나. 친구들을 돕지 않는 자신의 행동을 "쓰지 않으면 보상금이 무슨 소용이야"라고 변명하면서. 비겁한 삼류 건달처럼 보이지. 하지만 결정적인 순간 한은 목숨을 걸고 주인공 루크가 '죽음의 별'을 파괴할 수 있도록 길을 터줘. 한이 한 행동을 보면 그의 진정한 자아가 친구이자 영웅이라는 걸 알 수 있지.

네 컷 만화

네 컷 만화를 그려봐. 캐릭터의 속마음을 56쪽처럼 독백(속엣말)으로 보여주는 거야. 원한다면 네 컷 모두 행동 없이 똑같은 포즈를 그려도 돼.

네 컷 만화

이제 캐릭터의 속마음을 대사 없이 표현하는 네 컷 만화를 그려봐. 행동만으로 어떻게 캐릭터의 생각을 보여줄 수 있을까? 행동을 말과 어떻게 대비시킬까?

캐릭터 설문지

때로는 네가 만든 캐릭터에 빠져들기도 할 거야. 그때의 감정에 집중해야 해. 캐릭터 설문지는 감정을 끌어올리는 데 도움이 돼.

자, 캐릭터를 만들어보자. 너무 고심하지 말고 떠오르는 대로 빠르게 대답하도록 해. 너는 어떤 캐릭터를 만들고 싶니?

이름

_____

성

_____

나만 아는 별명

_____

고향

_____

좋아하는 곤충

_____

좋아하는 과자

_____

좋아하는 색깔

_____

정치적 견해

_____

그들의 행성이 있다면 어떤 곳일까?

_____

비밀 은신처는 어디일까?

_____

다시 한번!

이번에는 다른 캐릭터로 답안지를 채워보자.

이름
_____

성
_____

나만 아는 별명
_____

고향
_____

좋아하는 곤충
_____

좋아하는 과자
_____

좋아하는 색깔
_____

정치적 견해
_____

그들의 행성이 있다면 어떤 곳일까?
_____

비밀 은신처는 어디일까?
_____

캐릭터 설문지

여기에 너만의 캐릭터 설문지를 만들어봐. '언제 태어났을까?' 같은 단순한 질문일 수도 있고 '장차 어떤 동물이 될까?'처럼 은유적인 질문일 수도 있어. '머리에 케이크를 뒤집어쓴다면 어떤 케이크일까?' 따위의 우스꽝스러운 질문일 수도 있어.

이건 너의 캐릭터를 더 잘 알아가는 과정이야. 질문을 적었다면 친구에게 답해 보라고 해봐. 친구들의 대답을 보고 영감을 좀 얻었니?

_____

_____

_____

_____

_____

_____

_____

_____

_____

_____

_____

_____

_____

어떻게 캐릭터를 창조할까?

마일스 그래서 그레그, 캐릭터는 어떻게 창조해?

그레그 나는 캐릭터의 모습을 그려내야 하니까, 대본이 있다면 먼저 읽고 성격부터 이해해. 그러고 나서 이해한 대로 캐릭터를 그리는 거지. 나는 신체적 특징에 좀 더 신경 쓰는 편이야. 대본이 없으면 그냥 떠오르는 대로 캐릭터를 만들기도 해. 의식의 흐름을 무작정 따라가면서 무슨 일이 일어나는지 보는 거지. 마일스, 너는 캐릭터를 어떻게 만들어?

마일스 나는 어떤 이야기를 쓸지 떠올리면서 그 여정을 함께할 캐릭터를 본능적으로 만들어. 내 손에서 탄생한 캐릭터는 대부분 나와 조금씩 닮은 것 같아. 실패의 두려움과 불안에 맞서는, 숫기 없고 내성적인 캐릭터들의 이야기를 얼마나 많이 만들었는지 몰라.

그레그 네가 숫기가 없다고?

마일스 쉿! 비밀이야.

누구를 위한 창작인가?

누구를 위해 캐릭터를 만들고 있어? 너 자신? 고객?
혹시 아무 생각도 없는 거야?

그레그 몇 년 전 우리는 내 아들을 위해 기사 이야기를
하나 만들었어.

마일스 단 한 명의 관객을 위한 글을 쓰고 일러스트를 그렸지.

그레그 오직 내 아들만을 위해서!

마일스 아무래도 작업하기가 훨씬 수월했어. 조카만을 위해서 조카가 좋아하는
것, 조카를 웃길 수 있는 것에만 집중했으니까.

그레그 아들이 정말 좋아했어.

한 사람을 위해서 이야기를 쓴다면 그 사람은 누가 될까? 어떤 이야기가 나올까?

_____

_____

_____

_____

_____

_____

_____

_____

주문 창작

그레그 언젠가는 가상의 세계를 창조하는 일에 네 도움을 구하는 사람이 나타날 수 있어.

마일스 우리는 아드만, BBC, 로열셰익스피어컴퍼니, 드림웍스를 비롯해 많은 사람들을 위해서 그런 일을 해왔어.

그레그 또 자랑이야?

마일스 사실이잖아.

그레그 하긴 뭐. 그런데 너 디즈니 빼먹었다.

마일스 캐릭터를 의뢰받았을 때는 사전 조사부터 해야 해. 애니메이션 〈장난감 나라의 노디〉의 새 버전을 개발할 때 붙은 유일한 조건은 노디가 탐정이어야 한다는 거였어. 그것 말고는 모든 가능성이 열려 있었지. 내 일은 원작에 충실하되 21세기 시청자가 좋아할 만한 새로운 어린이용 TV 프로그램을 만드는 거였어. 원작을 읽고 혼자 생각해 봤어. '여기 장난감들은 이 만화가 나올 당시 가게에서 흔히 살 수 있었던 것들이야. 하지만 지금은 구할 수 없지. 조앤 K. 롤링만큼 많은 책을 팔았던 에니드 블라이튼Enid Blyton이 지금 노디를 썼다면 어떤 장난감들을 등장시켰을까?'

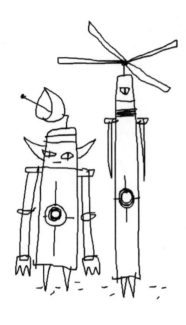

물론 우리는 원래의 캐릭터를 바꾸지 않았어. 노디의 자동차, 범퍼 독, 빅 이어즈도 그대로 두었지. 대신 새로운 장난감을 넣었어. 노디의 과학 실험실에 있는 공룡, 슈퍼 첨단 로봇(유아용 프로그램에서 복고풍 로봇을 굉장히 많이 봤지), 사랑스런 판다들(어릴 때 내 여동생이 판다를 얼마나 좋아했는지 기억하고 있거든). 움직이는 슈퍼히어로 인형도 있는데 이름이….

그레그 델토이드! 내가 잘 알지. 내가 지은 이름이니까. 난 사실만 말해!

마일스 내 아이디어가 전부 받아들여지리라고 기대하진 않아. 몇몇 캐릭터는 임직원들, 감독들, 제작자들의 사이를 오가면서 수정되지. 하지만 내가 할 일은 많은 아이디어를 마구 내는 거야. 일을 시작할 때 꼭 거쳐야 할 과정이지.

옛날이야기나 '노아의 방주' 같은 성경 이야기, 『피터팬』이나 『버드나무에 부는 바람』 같은 고전 명작을 어린이용으로 새롭게 구상하라고 요청받았다고 해보자. 요즈음 상황에 맞게 이야기를 바꿔야 한다고 상상해 봐. 원작에서 어떤 캐릭터들을 그대로 둘까? 요즘 독자들에게 그 캐릭터들을 어떻게 소개할까? 새 캐릭터는 어떻게 만들까? 다음 쪽에 캐릭터들을 그리고 각 인물을 짤막하게 소개해 봐.

편집자 주: 『버드나무에 부는 바람』을 맥라우드 형제가 예문으로 든 건 이 작품이 바람, 향기, 풍경을 섬세하게 그린 유명한 작품이라서야. 우리나라 작품 중에서는 『메밀꽃 필 무렵』이 비슷하겠다. 그러니까 줄거리와 캐릭터를 기억하고 있는 어떤 작품이든 괜찮아. 『홍길동』이나 『장화홍련』 같은 건 현대를 배경으로 재해석된 적이 있잖아? 그런 식으로 상상을 해보는 거야. 너라면 어떤 작품을 바꿔서 상상해 볼래?

실루엣

실루엣만 보고 캐릭터를 알아볼 수 있어? 미키 마우스, 스펀지밥, 토토로 같은 캐릭터들은 보면 바로 알 수 있는 독특한 실루엣을 가지고 있어. 여기에 너만의 캐릭터를 실루엣으로 그려봐.

모든 캐릭터를 똑같은 실루엣으로 만들 수도 있어.
같은 실루엣으로도 얼마나 다른 캐릭터들을 만들 수 있는지 한번 봐.

캐릭터마다 실루엣을 전혀 다르게 할 수도 있어. 여기 캐릭터들처럼.
자, 너의 캐릭터 실루엣을 그려봐.

캐릭터의 이름

캐릭터는 이름을 지어 불러줘야 비로소 생기를 띠기 시작해. 마법의 주문 같은 거지. 캐릭터의 진짜 이름을 안다면 그들을 조종할 수 있어.

그레그 캐릭터 이름 짓는 거 어렵지 않아? 넌 그냥 막 떠오르니?

마일스 나는 대체로 빨리 짓는 편이야. 내 직관을 믿거든. 캐릭터에 붙여준 이름이 긴가민가할 때는 바로 이름을 바꿔.

그레그 인터넷에 아기 이름 짓는 웹사이트가 많아. 꽤 유용하지.

마일스 오다가다 흥미롭거나 재미있는 이름을 들으면 기억해 두었다가 써먹기도 해. 살짝 고쳐서 말이야.

그레그 여기 스팸 메일이나 다른 데서 찾은 좋은 이름들이 있어. 이메일에서 우스꽝스럽거나 인상적인 이름을 찾아서 이리저리 조합해 봐.

스털링 워드

존 킴

로미오 한

진송이 여사

리처드 박

앨리스

트렌튼 윌리엄슨

편집자 주: https://baby-name.kr/을 방문해 봐. 다양한 이름과 관련된 정보를 찾을 수 있어. 우리나라에서 사용된 가장 긴 이름은 무려 17글자나 된대!

캐릭터의 이름을 지어보자.

이름: _____

이름: _____

이름: _____

이름: _____

이름: _____

이름: _____

이름: _____

이름: _____

이름: _____

이름: _____

이름에 어울리는 모습을 그려봐.

이름에서 떠오르는 이미지가 있지 않니?

1에서 100까지 숫자 중 하나를 떠올려봐.

여기에 적어.

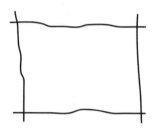

숫자에 성격이 있다고 한다면 이 숫자는 성격이 어떨까?

마일스 수학자 피타고라스는 숫자에 성격이 있다고 생각했대.
홀수는 여성, 짝수는 남성이라고 믿었다는 거야.
정말이야.

그레그 미쳤구나!

피타고라스

좋아하는 숫자를 캐릭터로 그려봐. 성별과 성격이 드러나도록 말이야.

첫 기억

너의 '최초의 기억'이 뭐야?
그 일이 왜 기억에 남았다고 생각해?

이어 그리기

그림을 완성해 봐. 너무 깊이 생각하지 말고 손이 가는 대로!

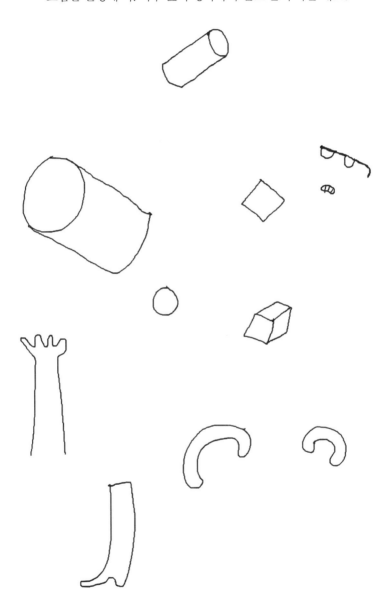

무결점 캐릭터

우리는 어린이용 TV 애니메이션을 주로 만들어왔어. 특히 유아용 TV 프로그램에 어울리는 초긍정 캐릭터를 만드는 건 부담스러울 때가 많아. 그럴 만도 한 게, 세 살짜리 어린아이들이 TV를 보고 세상에 겁먹길 원치는 않잖아. 우리는 아이들이 긍정적인 롤 모델을 갖길 원해. 좋아하는 프로그램에서 나쁜 행동을 배우길 바라지도 않고. 여기서 주의해야 할 점이 있어. 긍정적이려다가 비현실적인 캐릭터를 만들 수도 있다는 거야!

이야기를 만들 때 천하태평에 못 하는 것도 없고 화내는 법도 없이 친절하기만 한 캐릭터는 매력이 없어. 늘 바르고 올곧기만 한 캐릭터가 극적인 사건을 일으키겠어? 특별한 여정을 걸어가려고 할까? 생각만 해도 참 지루하다.

완벽한 캐릭터의 가장 큰 단점은 '거짓'이라는 거야. 언제나 긍정적인 사람도, 결점이 없는 사람도 없어. 완벽한 인물처럼 가장하는 것은 진실하지 않다는 얘기지.

우리를 가장 사랑하는 사람들은 우리의 결점을 잘 알아. 어떨 때 쉽게 상처받고, 어떤 것에 잘 속아 넘어가는지 꿰뚫고 있지. 마찬가지로 우리도 그들의 결점을 속속들이 알아. 우리는 서로의 결점을 인정하고 그 결점을 딛고 나가도록 응원해야 해. 그렇게 마음을 써주는 거야. 그렇게 우리는 캐릭터를 생생하게 그려내는 데 애쓰면서 작품의 현실성을 지켜내려고 최선을 다해.

너 자신, 친구들, 가족들을 떠올려봐.
너를 불편하게 하는 사람들이 있니? 그 사람들의 결점을 여기에 적어봐.

이런 결점들을 캐릭터를 만들 때 써먹을 수 있을까?

여성 캐릭터

여성 캐릭터에 대해서 하나 짚고 넘어갈게.

여성 캐릭터를 남성 캐릭터와 얽힌 관계로만 바라보지는 않니?

남성의 연인으로만 존재한다는 듯이 말이야.

그렇다면 지금이 21세기라는 사실을 깨달아야 해.

편집자 주: 잠깐! 벡델 테스트Bechdel test(남성 중심 영화가 얼마나 많은지 측정하기 위해 고안한 영화 성
평등 테스트)를 받아봐. 한국에서는 '젠더 감수성', '성인지 감수성'이라는 용어를 사용해. 인터넷에서 테스
트를 찾아봐.

닥치는 대로!

흥미진진한 너의 신작, 제목은 바로….

보트에 집착하는 늑대인간의 고백

1장: 인간 보트

이야기는 네가 쓰는 거야. 무얼 쓰든 다음 두 쪽을 다 채울 때까지 멈추지 마. 너무 깊이 생각하지 말고 써. 너 좋을 대로, 얼토당토않고 터무니없어도 괜찮아. 펜이나 연필이 마음껏 움직이도록 내버려둬.

이건 '내리 쓰기' 연습이야. 일단 시작하면 생각이 꼬리를 물고 어디까지 이어지든 그대로 두고 봐. 중요한 것은 멈추지 않는 거야. 쓰다 보면 전혀 새로운 아이디어들을 떠올릴 수도 있어. 물론 정말 말도 안 되는 이야기가 되기도 하지.

보트에 집착하는 늑대인간의 고백

인간 보트

창작의 씨앗

캐릭터를 만들 때 어디서 영감을 얻으면 좋을까? 관심이 가는 역사 속 인물이나 요즘 세계적인 유명 인사들은 어때? 그 사람들을 엮어서 무언가 창조하고 싶을 수도 있고, 그들을 새로운 창작의 씨앗으로 삼을 수도 있지.

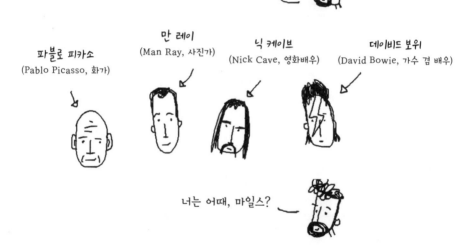

그레그, 너에게 영감을
불러일으키는 사람이 있니?

파블로 피카소
(Pablo Picasso, 화가)

만 레이
(Man Ray, 사진가)

닉 케이브
(Nick Cave, 영화배우)

데이비드 보위
(David Bowie, 가수 겸 배우)

너는 어때, 마일스?

조셉 뱅크스 Jeseph Banks 경은 정말 재미있는 양반이야. 엄청난 유산을 물려받아 호화로운 삶을 살 수 있었지만, 식물학자의 길을 선택했거든. 조셉 뱅크스 경은 쿡 선장과 함께 생명의 위험을 무릅쓰고 전 세계로 여행을 다니며 세상에 알려지지 않은 수백 종의 식물 표본을 모아서 가져왔지. 정말 대단한 사람이지 않니?

조셉 뱅크스

너는 어때? 어떤 사람이 너에게 영감을 주었니? 그 사람을 너의 세계관에 넣을 수 있겠어? 그 사람을 너만의 캐릭터로 녹여낼 수 있을까?

꿈의 구름

구름 한가운데에 너를 그려봐. 너는 어떤 꿈을 꾸고 있니?

창작의 꿈이 아니어도 괜찮아. 어떤 꿈이든 구름 안에 그려봐.

너의 꿈은 네가 쓰고 싶은 이야기나 읽고 싶고 보고 싶은 것들과 관련이 있어?

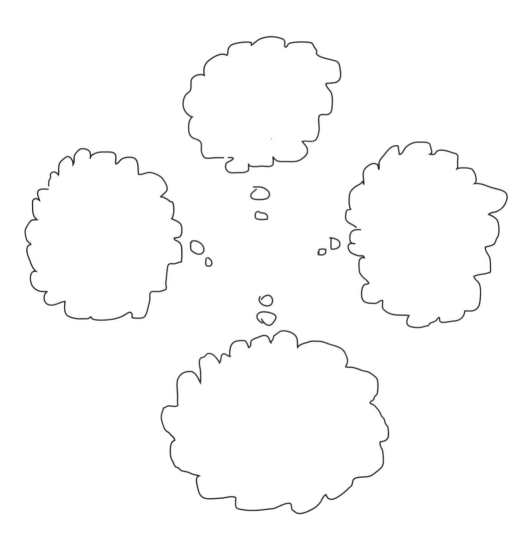

은밀한 진실

사람들은 어떤 비밀을 안고 살까 궁금하지 않니? 간절히 원하면서도 말하지 못하는 진심은 뭘까? 이런 비밀은 몇 년째 이어지고 있는 '포스트시크릿PostSecret(개인의 고민 해결을 위한 비밀 엽서 운동 -옮긴이)'의 인기를 뒷받침하지.

책이나 블로그를 찾아봐. 흥미로운 사연이 담긴 익명의 사연들을 찾을 수 있을 거야. 많은 사연들이 도움을 구하는 슬프고 간절한 외침을 담고 있어. 대부분 인간의 내적인 혼란을 보여주지. 외설적이거나 발칙한 것들도 있어. 예를 들면 '나는 루빅 큐브를 순식간에 맞추는 사람들에게 샘이 나. 그래서 스티커를 바꿔서 붙여놓고 그들이 헤매는 걸 지켜보지!'와 같은 내용이랄까.

너에게 맞는 대나무숲을 찾아봐. 익명으로 운영되는 게시판은 트위터나 다음카페에서 찾을 수 있어. 사연을 보낸다면 무슨 비밀을 고백할래? 물론 이 책에 적고 싶지는 않겠지. 그렇다면 사연을 네가 찾은 대나무숲으로 보내. 익명의 사연을 받아주는 곳이라면 어디라도 괜찮아. 꽁꽁 숨긴 속마음이 뭐야? 네 비밀이 궁금해!

구두

빈둥빈둥 노는 시간! 신발은 그 사람에 대해 많은 이야기를 들려줘.
이 친구에게 신발을 신겨볼까.

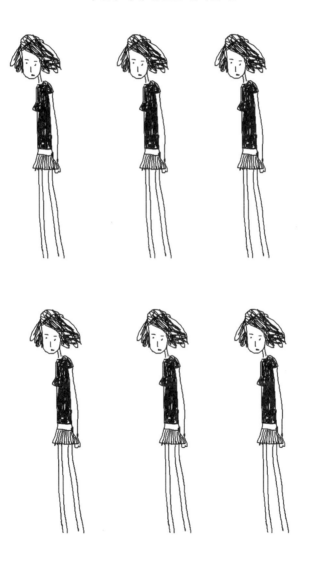

모방과 표절

그레그 아이디어를 베꼈다는 건 훔쳤다는 말이야?

마일스 음, 알리지 않고 몰래 썼다면 그렇지. 빌려 쓰면 모방이지만, 몰래 쓰면 표절이야. 모방은 창조의 어머니지.

그레그 맞다. 아까 네 도시락, 내가 '빌려' 먹었다!

마일스 예전에 유명한 방송 작가의 강연을 들은 적이 있어. 질의응답 시간에 누군가 드라마 속 캐릭터들을 어떻게 만들었는지 물었어. 그 작가 말이, 자기가 좋아하는 1980년대 영화에서 베꼈대. 그 영화에는 운동선수, 세상 물정 모르는 천재, 반역자, 공주, 범죄자가 등장하는데, 그 작가가 쓴 드라마에도 그런 캐릭터들이 나와. 완전히 똑같지도 않고 맥락도 전혀 다른데, 효과가 거의 같아. '애정을 가지고 베껴서 새로운 걸 창조했다'면 모방이야.

다른 이의 창작물에서 영감을 받아 네 작품을 발전시키는 건 좋은 일이야. 똑같이 따라 하라는 말이 아니야. 좋은 영감만 얻자는 거지.

어렸을 때 우리는 아버지의 오픈 릴테이프 녹음기로 1920~30년대의 '로렐과 하디Laural and Hardy(무성 영화에서 유성 영화로 막 바뀔 즈음 활약한 미국 희극 영화의 명콤비 -옮긴이)' 영화를 보곤 했어. 1940~50년대의 만화나 〈다람쥐 구조대Chip & Dale Rescue Rangers〉도 정말 즐겨 봤지. 혹시 〈다람쥐 구조대〉의 칩과 데일이 로렐과 하디와 상당히 닮았다고 여긴 적 없니? 누가 무엇을 베꼈다고 뭐라 하려는 게 아니야. 다만 관계가 비슷하다는 거지.

닥치는 대로!

머리가 둘인 캐릭터를 그려보자. 우스꽝스런 빨간 점퍼를 입었어. 시작!

예를 들면 이렇게!

배역 (등장인물)

네가 함께하고 싶은 캐릭터가 있다고 해보자. 서로 다른 캐릭터들을 창조하는 일은 아주 까다로워. 관계가 엉켜 풀리지 않을 때가 많거든. 도움될 만한 아이디어가 몇 가지 있어.

'힘'

캐릭터들은 저마다 세계관과 사고방식을 갖고 있어. 스토리 컨설턴트 로리 허즐러Laurie Hutzler는 어떤 캐릭터든 내면에는 '아홉 가지 힘'이 있다고 말해. 이성과 진실, 의지, 야망, 이상주의, 상상력, 사랑, 양심, 흥분이야. 힘에는 밝은 면과 어두운 면이 공존해. 야망은 운동선수가 금메달을 목에 걸 수 있도록 열심히 노력하게 하지만, 왕자가 경쟁자를 죽이고 왕의 자리를 차지하도록 부추기기도 해.

캐릭터들은 여러 힘을 지니고 있지만, 보통은 어느 하나가 두드러지게 드러나지. 너의 캐릭터는 셜록 홈즈처럼 진실을 밝히지 않고는 못 배기니? 아니면 아이언맨처럼 끊임없이 흥분되는 일을 찾아다녀? 영화 〈대부〉의 마이클 콜레오네처럼 상황을 통제하려는 의지가 확고하진 않니?

다양한 동기를 지닌 캐릭터들이 어떻게 흥미로운 갈등과 헌신을 만들어낼까?

좋아하는 TV 드라마나 영화를 보거든 등장하는 캐릭터마다 어떤 힘이 가장 두드러지게 표현되는지 살펴보고 여기에 적어.

로리 허즐러의 웹사이트(www.etbscreenwriting.com)에 가면 '캐릭터의 힘'에 대해 더 자세한 내용을 볼 수 있어.

머리, 가슴, 발

캐릭터를 보는 또 다른 방법은 머리, 가슴, 발이야.

그레그 나는 훌륭한 스크립트 에디터들과 일하는 행운아야. 에디터들은 캐릭터의 결점, 플롯의 모순, 명확성, 명확성, 또 명확성을 지적하며 대본에 완성도를 더해. 한나 로저^{Hannah Rodger}도 그중 한 사람이야. 한나가 자기 아버지의 지혜로운 통찰력을 들려준 적이 있어. 한나의 아버지는 어떤 이야기든 머리, 가슴, 발로 설명할 수 있는 세 가지 유형의 인물이 있다고 하셨대.

 머리는 생각하는 인물이야. 이성과 지성에 의존해 자신을 둘러싼 우주와 관계 맺지.

 가슴은 사랑과 공감(심지어 증오까지도) 능력으로 세상과 마주하는 인물이야. 감정에 따라 본능적으로 반응해.

 발은 행동파 인물이야. 앞뒤 따지지 않고 무모하게 달려들지.

앞서 했던 대로, 네가 보는 책이나 TV 프로그램, 영화에서 머리, 가슴, 발에 해당하는 인물이 있는지 찾아서 적어봐.

네 가지 기질

수백 년 동안 인간 성격의 차이를 밝히고자 다양한 이론이 나왔어. 고대 그리스에서는 사람이 네 가지 체액으로 이루어져 있다는 히포크라테스의 기질론이 있었지. 체액의 비율에 따라 건강과 행동이 달라진다는 얘기야.

체액은 피, 황담즙, 흑담즙, 점액, 이렇게 네 가지인데 각기 공기, 불, 흙, 물에 해당된대. 온도도 각기 다르게 나타나고 말이야.

다혈질(피)
쾌활하고 우호적이며
낙관적이다.
공기, 봄에 해당된다.

담즙질(황담즙)
대담하고 화를 잘 내며
충동적이다.
불, 여름에 해당된다.

우울질(흑담즙)
진지하고 우울하며 조용하다.
흙, 가을에 해당된다.

점액질(점액)
자애롭고 사려 깊으며
공감을 잘한다.
물, 겨울에 해당된다.

각 기질의 특징이 드러나도록 네 개의 얼굴을 그려봐.

네 기질의 인물이 한자리에 모여 '집값 상승'을 주제로 이야기를 나눈다면
어떤 대화가 오갈까? 성격에 따라 부동산 시장 예측은 어떻게 다를까?

희극 캐릭터

등장인물을 창조하느라 골머리를 앓고 있다면 네가 좋아하는 연극, 책, 영화, TV 프로그램 속 캐릭터들을 연구해 봐. 그렇지, 빌려다 쓰는 거야! 그대로 베끼지는 마. 영감만 따오는 거야.

자, 즐겨 보는 시트콤이나 코미디를 떠올려봐. 캐릭터 특징이 뭐야? 심각할 정도로 큰 결함이 있을 거야. 어떤 면이 그렇지?

강박적이거나 지나치게 원칙적이야?

좀 멍청한가?

행동이 특이하고 상식 밖이야?

이성을 밝혀?

귀여운 강아지 같지만 겁이 많고 여려?

똑똑하긴 한데 좀 냉소적이라고?

정말 나쁜 놈이야?

돈이면 다 돼?

콤메디아 델라르테

콤메디아 델라르테commedia dell'arte는 이탈리아의 전통 희극이야. 즉흥극이지. 가면을 쓰고 진행하는데 정해진 대본이 없어. 요즘의 시트콤처럼 전형적인 인물들이 등장해. 지도자, 주인, 하인, 소작농처럼 계급이 나누어져 있는데, 이런 인물들은 드라마나 희극에 제격이야. 어렵사리 계급의 사다리를 오르려는 인물, 주인에게 충성하는 인물, 상사를 속이는 인물은 누구일까? 하인이나 직원을 속이는 지도자도 있겠지? 전통극의 형식을 통해서도 많은 걸 배울 수 있어

매그니피코
도시의 지도자. 극 중에서 최고 권력자이다.

판탈로네
주인이자 상인. 매그니피코 같은 권력은 없지만, 욕심 많고 심술궂은 구두쇠 노인이다.

박사
또 다른 주인이자 학식 높은 인물. 배워서 아는 것은 많지만 이해하는 것은 하나도 없다. 쓸데없는 소리를 끊임없이 주절대는 수다쟁이다.

콜롬비나
주인과 하인의 면모를 동시에 지닌 인물. 교활하고 짓궂지만 검소하고 아는 것이 많다.

브리겔라
하인들의 우두머리. 눈치 빠르고 방탕하다.

아를레키노
하인. 건방지지만 아둔하다. 스스로 남성적 매력이 있다고 여기며 육체적 쾌락을 즐긴다.

대장
허풍쟁이에 겁쟁이. 싸움을 피해 다니는 용병이다.

자니(자니스)
서열 맨 아래 인물. 보통 시골 출신의 소작농을 대변한다.
(브리겔라와 아를레키노는 자니의 진화된 인물이다.)

너만의 버전으로 콤메디아 캐릭터들을 그려봐!

음악에 맞춰 그리기

크리스마스 캐럴을 틀어놓고 들어봐.
어떤 감정이 일어나? 그 감정을 그림으로 그려봐.

중고품 가게에 가서
옷을 하나 사.

+

그 옷을 입고
돌아다녀.

+

기분이 어때?

+

너는 누구야?

가면

콤메디아 같은 전통극은 인물의 성격을 극명하게 보여주기 위해 가면을 써.
가면은 코와 이마를 부각해 특징을 보여줘. 한국의 전통 탈춤에서도 같은 특징을
볼 수 있어. 계급과 성별, 직업과 역할을 가면으로 보여주지. 드라마로도 제작된
'각시탈' 같은 것들 말이야. 아래 가면에 캐릭터의 특징을 그려봐.

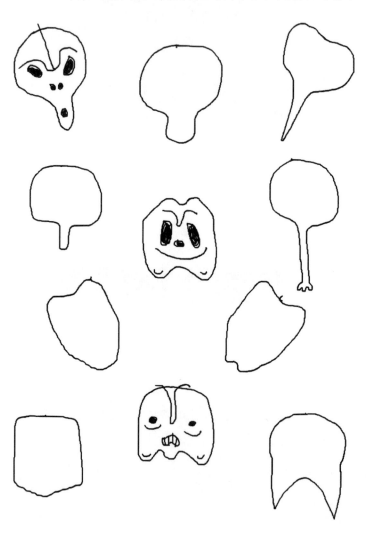

가족

가족을 다룬 이야기는 상당히 많아. 가족은 다양한 관계의 형태를 보여줄 수 있거든. 밤이면 소설을 쓰는 어머니, 술에 절어 사는 아버지, 반항적인 쌍둥이와 영적 능력을 가진 입양아로 이루어진 가족도 있을 수 있겠지. 군 복무 중인 어머니, 절친한 동성 친구를 몰래 짝사랑하는 아버지, 도마뱀에 매료된 아들이 한 가족일 수도 있고 말야. 네가 생각하는 가족 이야기를 적어봐.

가족 역학 관계

다양한 가족 관계를 연구하면 등장인물들을 창조할 때 도움을 얻을 수 있어. 많은 작품에서 가족의 은유적인 형태가 등장해. 친구나 동료 사이일지라도 가족 형태와 크게 다르지 않거든.

작가 그레이엄 라인핸Graham Linehan은 세 명의 카톨릭 신부를 주인공으로 한 코미디 시리즈 〈테드 신부〉에서 테드 신부, 젊은 더글라스 신부, 나이 든 잭 신부 그리고 가정부 도일라 부인이 가족이나 다름없는 관계라고 했어.

친구나 동료들을 가족 관계로 빗대어서 이야기를 만들어보지 않을래? 혈연으로 엮이지는 않았지만 주인공들에게 엄마, 아빠, 할아버지 같은 역할이 있다고 생각해 보는 거야.

마일스 가족은 유대감이 강해서 극 안에서 멀리 떼어놓았다가도 다시 결합시킬 수 있어. 〈심슨 가족〉에서 호머의 대책 없는 행동들을 봐. 그래도 마지막에는 늘 부인 마지와 키스하며 화해하잖아. 모든 가족이 다 그렇게 친밀하진 않겠지만 말이야.

그레그 그래, 우리에게도 자주 싸우지 않느냐고 묻는 사람이 얼마나 많은지 몰라.

마일스 내가 보기엔 자기네 가족 얘기 하는 사람이 더 많은 것 같은데?

그레그 맞아!

예의 바른 염탐

너의 캐릭터들은 어떻게 말해? 특징적인 말버릇이 있어? 억양만이 아니라 말투까지 말하는 거야. 말이 또박또박해 아니면 흐리터분해? 딱딱 끊어서 말해 아니면 나긋나긋 리듬감이 있어? 말수가 적어, 수다쟁이야?

카페나 식당, 공원 벤치에 앉아서 주변 사람들 말에 귀를 기울여봐. 수첩을 꺼내 들고 바쁜 척하면서 사람들 이야기를 엿듣는 거야. 대화를 받아 적고 가능하면 스케치도 해봐. 대부분 평범하고 따분한 이야기겠지만, 가끔 흥미로운 이야기를 들을 수도 있어. 사람들이 무슨 이야기를 해? 들으면서 알게 된 사실이 있어?

일관성

지금쯤은 네게 캐릭터와 그들의 특성에 대해 아이디어가 좀 생겼으면 좋겠어. 우리는 너에게 자유롭게 창조하라고 격려해 왔어. 창작의 첫 단계는 내면의 비판자를 멀리하고 그저 뭐든 만들어내는 거야. 캐릭터가 잡히면서부터는 자꾸 비판적으로 생각하고 싶겠지만 말이야.

캐릭터가 생기를 띠면서부터는 일관되게 행동하도록 주의를 기울여야 해. 이야기 전개에 따라 오락가락해선 안 된다는 말이야. 캐릭터는 네가 부여한 성격대로 행동해야 해. 부담을 느끼고, 좌절하고, 엉뚱한 행동을 하면 안 된다는 뜻이 아냐. 다만 논리에 맞아야 한다는 얘기지.

하나 조언하자면, 캐릭터를 더 힘들고 덜 편하게 만드는 편이 흥미롭고 만족스러운 이야기로 가는 길이 될 거야.

대립

드라마의 핵심은 '대립'이야. 캐릭터는 목표한 바를 이루어가는 과정에서 늘 장애에 부딪혀. 장애물은 자연환경(날씨, 산, 벽과 같은)일 수도 있고, 심리 상태(의심이나 두려움 같은)일 수도 있고, 다른 사람일 수도 있어.

네가 만든 캐릭터 하나를 골라서 그와 정반대의 캐릭터를 만들어봐. 그게 이야기를 이끄는 힘이야. 영화에서 이런 이야기를 정말 많이 보지 않았어?

착한 사람 이 악당아, 드디어 내가 너를 궁지에 빠트렸구나. 너는 어떤 식으로든 벌을 받을 거다!

나쁜 사람 잠깐, 영웅 씨! 생각 좀 해봐. 너와 나는 똑같아.

착한 사람 그렇지 않아!

나쁜 사람 똑같아. 우리는 같은 관심사를 가지고 있고 비슷한 일을 한다고.

착한 사람 그렇지 않아.

나쁜 사람 그렇다니까!

착한 사람 그래, 그렇다고 치자. 하지만 방식이 달라. 난 선한데 넌 비열해.

나쁜 사람 그렇지 않아.

착한 사람 그렇다니까!

나쁜 사람 좋아. 우리는 똑같지만 약간 다를 뿐이야. 그걸 뭐라고 해?

착한 사람 우리는 반대야, 이 바보야.

나쁜 사람 아, 그런 것 같군. 하지만 한 가지가 더 있어.

착한 사람 뭔데?

나쁜 사람 내가 네 아빠다!(I am your father!)

이런 대립 구도는 이야기의 기본 형식에 속해. 어떤 캐릭터든 적수와 맞섬으로써 변해 가지. 대립 구도는 캐릭터를 더 완벽하고 균형 잡힌 존재로 성장하게 하는 밑거름이 돼.

마블의 영화 〈토르〉 봤어?(안 봤다면 스포일러 주의!) 강력한 힘의 전사 토르는 자존심이 아주 세고 거만해. 토르는 망치 없이 아스가르드에서 쫓겨난 뒤 겸손함을 배워. 덕분에 다시 찾은 힘을 지혜롭게 사용할 줄 알게 되지.

『빗자루 타고 씽씽씽』이라는 어린이 동화는 어때?(역시 스포일러 주의!) 이 책의 주인공 마녀는 못 말리게 인심이 후해서 누구라도 빗자루에 태워줘. 그러다가 빗자루가 부러지는 바람에 모두 늪에 빠지는 불상사가 생기지. 설상가상으로 용을 만나 죽다 살아난 뒤, 마녀는 승객들 자리가 마련된 새 빗자루를 만들어. 개구리를 위한 샤워실까지 있지. 멋진 아이디어야.

'지금 무슨 얘기야?'라며 통 못 알아듣겠다면 '정반합正反合, thesis, antithesis, synthesis'이라는 용어를 찾아봐.

편집자 주: 창작에서 정반합은 주인공이 반대 세력을 만나 역경을 극복하고 레벨업 하는 걸 말해. 반대 세력과 싸운 경험이 그를 정신적으로, 전투적으로 더 성장하게 하는 거지. 슈퍼히어로 무비에서 자주 써먹는 방식이야. 가끔 악당이 영웅을 통해서 깨달음을 얻잖아? 그런 것도 '합'이야.

마일스 어릴 때 나는 앙드레 모루아 André Maurois 의 『뚱보왕국 빼빼공화국』이라는 동화를 정말 좋아했어. 생김새와 삶의 방식이 전혀 다른 두 나라가 전쟁을 치르면서 어떻게 화해하고 평화에 이르게 되었는지를 다룬 유쾌한 이야기지. 이 이야기는 시각적인 면에서도 아주 흥미로워. 두 나라 사람들이 말 그대로 정반대거든.

다양한 도형으로 정반대의 두 캐릭터를 그려봐.

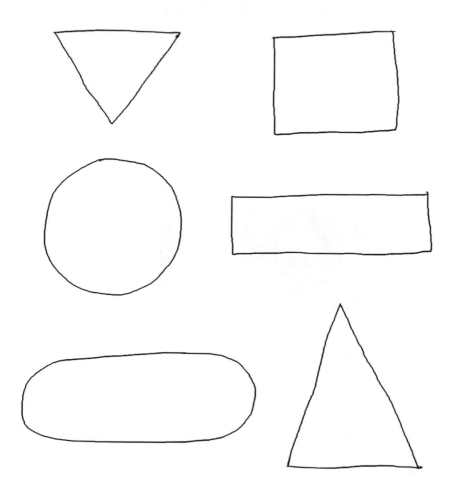

적대자 (주인공과 갈등하는 인물)

'대립 구도'에 대해 말해 보자. 대부분의 이야기는 하나의 캐릭터를 중심으로 돌아가. 바로 주인공protagonist이지. 영어에서 주인공은 '가장 중요한'이란 의미를 가진 그리스어 프로토스protos와 '배우'를 뜻하는 아고니스테스agonistes에서 파생되었어. 주인공과 갈등하는 인물은 '적대자antagonist'라고 해.

그레그 너도 알다시피, 대립 구도는 신과 악마 같은 관계야.

마일스 경찰과 도둑 관계도 같아.

그레그 인간과 외계인은 어떻고?

마일스 개와 고양이.

그레그 스머프와 가가멜.

마일스 아, 그렇지. 그거야말로 명작이지.

적대자가 사람이거나 꼭 하나일 필요는 없어. 적대적인 힘은 2~3개 등장할 수 있어.

- **전형적 적대자**: 주인공과 충돌하고 싶은 욕구나 이유가 충분한 사람.
- **주인공의 내면**: 두려움이나 의심.
- **주인공을 둘러싼 환경**: 주인공이 가고자 하는 곳 앞의 장애물.

적대자를 〈스타워즈〉의 다스베이더나 〈백설공주〉의 계모 왕비처럼 꼭 악인으로 설정할 필요는 없어. 미야자키 하야오의 영화에는 나쁜 악당 대신 삶의 가치가 다른 멋진 적대자들이 등장하지. 이런 적대자들은 이야기를 훨씬 풍성하게 만들어.

〈원령공주〉를 볼까. 타타라 마을의 여성 지도자 에보시는 아름다운 숲을 파괴하지만, 마을에서 쫓겨난 나환자들을 돌보고 매춘부였던 여자들이 다른 일을 찾을 수 있도록 힘껏 도와. 대단히 호감 가는 고결한 여성이지.

〈벼랑 위의 포뇨〉에서 포뇨는 여자아이가 되고 싶은 작은 물고기야. 포뇨의 아버지는 딸아이의 꿈을 꺾으려고 하지만, 나쁜 부모라서가 아니라 인간 세상에 환멸을 느끼고 있어서잖아. (거기에는 그럴 만한 이유가 있지.)

적대자를 보다 흥미롭고 그럴듯하게 만들 방법을 생각해 봐.

전환자

어떤 캐릭터는 보기와 딴판이야.

약해 보이는데 강하거나, 착해 보이는데
사악하지. 〈스타워즈-제국의 역습〉에
나오는 요다처럼 바보 같아 보이는데 사실
은 대단히 현명한 인물도 있어.

이런 캐릭터들은 순간적으로 이미지가 바뀌
는 것처럼 보이지만 사실은 자아를 보호용
가면 뒤에 감추고 있는 거야.

캐릭터를 하나 만들어보는 건 어때? 아래쪽
에 캐릭터를 그리고 다음 쪽에 짧게 인물 소
개를 적어봐. 영웅일 수도 있고 악당, 탐정,
어릿광대, 교수일 수도 있어.

캐릭터의 성격이 정해졌다면 그 캐릭터의 가
면이나 페르소나를 정해. 다른 사람에게 어
떻게 보이기를 원해? 이유가 뭐야?

리디자인

마일스 아이디어 개발에 한창일 때 가끔 그레그가 내게 와서 말하는 거지….

그레그 이렇게? '어이, 마일스, 내가 그린 저 캐릭터들 말이지….'

마일스 응, 왜?

그레그 여기 다시 그려봤어, 완전히 다른 스타일로. 다른 방식이 더 효과 있을지 모르잖아.

한창 작업을 진행하고 있는데 그레그가 캐릭터를 다시 만든 거야. 이렇게 말이지.

우리가 〈스패그 섬〉이라는 애니메이션을 개발할 때의 일이야. 그중 한 캐릭터가 이런 모습이었어.

우리는 새로운 모습이 정말 맘에 들었어. 하지만 〈스패그 섬〉은 아이들을 위한 애니메이션이야. 그래서 처음 디자인대로 그냥 갔지.

다음 쪽에 이 캐릭터를 다른 모습으로 다시 그려봐. 어떤 모습일까? 이 캐릭터의 친구들을 만들어도 좋아. 친구들은 어떤 캐릭터일까? 친구들이 원하는 삶은?

혹시나 하는 마음으로 다른 모습을 구상해 봐야 해. 그런 다음 새로운 모습이 나오면 무엇이 주어진 프로젝트에 더 적합한지 다시 따져보는 거야. 꼭 거쳐야 할 소중한 과정이지. 이따금 다른 프로젝트에서 써먹을 캐릭터가 나오기도 하거든.

결론을 말하자면…

그레그 캐릭터를 구상하고 어떻게 탄생시킬지 네가 도움을 얻었다면 좋겠어.

마일스 중요한 건 너 자신과 너를 둘러싼 세상에서 영감을 얻는 거야. 재능과 결함을 모두 가진 캐릭터를 만들어봐.

그레그 캐릭터는 시각적으로 독특해야 해. 캐릭터가 여럿이라면 각자 개성 넘쳐야 하고.

마일스 네가 그리거나 쓴 캐릭터를 되돌아봐봐.

그레그 마음에 드는 캐릭터나 다듬어야겠다 싶은 캐릭터가 있니? 새로운 프로젝트의 씨앗이 될 만한 게 있을까?

Part 4
✳✳✳
세상

너는 어떤 공간이든 만들 수 있어. 넌 너만의 세계를 빚어내는 창조자잖아. 네가 생각해 둔 캐릭터가 있다고 치자. 그 캐릭터들은 어디에 존재할 수 있을까? 그들에게는 어떤 세상이 어울릴까?

네가 창조한 세상은 네 캐릭터에서 비롯되어야 해. 맥베스Macbeth가 화창한 스페인에 살았다면 그의 이야기가 그렇게 설득력 있고 두렵게 느껴졌을까?

그레그 화창한 스페인의 맥베스라면 코미디 버전으로 가는 게 좋겠는데!

〈스타워즈〉에서 루크 스카이워커는 타투인 행성에서 자랐어. 루크는 이렇게 말해. "우주에 밝은 중심이 있다면 너는 거기서 가장 먼 행성에 있는 거야." 타투인 행성에 대한 루크의 환멸을 잘 보여주지. 에이드리언 몰 역시 마찬가지야. 『비밀 일기』에서 우리는 영국 중부의 음침한 마을 한구석에 살고 있는, 좌절과 불만으로 가득한 10대 시인을 발견하지.

때로는 캐릭터와 정반대의 장소가 필요할 수도 있어. 스텔라 기번스의 『춥지만 안락한 농장Cold Comfort Farm』에서 농장은 주인공 플로라와 완전 딴판이야. 플로라는 한없이 긍정적이지만 농장은 말도 못하게 추운 곳이거든. 캐릭터는 공간과 어떤 영향을 주고받을까?

**세상을 창조할 때는 주인공을 그 세상에서 어떻게 존재하게 할지
생각해 봐. 성격을 그대로 보여줄지, 아니면 반대로 보여줄지 말이야.**

'우리 셋은
언제 또 만나지?'

'천둥 칠 때? 번개 칠 때?
아니면 비 올 때?'

'수영장에서
만나면 어때?'

지도

우리가 만드는 첫 번째 세상! 상상하는 대로 마음껏 세상의 지도를 그려봐.
섬에 무슨 이름을 붙여줄까? 섬을 하나 그려 넣고 관심 있는 장소를 따로 표시해.

마일스 너는 어떤지 모르겠지만 나는 이런 지도를 그리는 게 정말 재미있어.

그레그 그래, 지도가 그 공간을 정말 존재하게 만드는 것 같아.

의자

세상을 창조할 때는 큰 그림만 그려서는 안 돼. 작고 섬세한 것까지 신경 써야 해. 영화 제작자 토니 주Tony Zhou는 〈에브리 프레임 어 페인팅Every Frame a Painting〉이라는 유튜브 채널에 환상적인 단편 다큐멘터리를 올려. 사운드 트랙, 편집, 스토리텔링, 무술 연출, 코미디 프레임 등 영화 제작의 다양한 분야를 분석해 놓은 영상이지. 그중 '의자의 찬사In Praise of Chairs'는 의자의 중요성을 보여줘. 의자는 캐릭터에 대해 많은 이야기를 전해 줄 수 있어. 나쁜 놈들은 등받이가 높고 푹신한 가죽 윙체어에 앉아야 제격이지. 게으름뱅이들은 올이 다 드러난 낡은 소파에, 삶의 의욕을 잃은 인물들은 회색 천을 씌운 딱딱한 의자에 앉아야 더 그럴싸해 보여. 광기 어린 왕들과 왕비들에게는 수십 자루 검을 꽂아 만든 왕좌만큼 어울리는 게 없을 테고.

네가 창조한 두 캐릭터를 봐. 어떤 의자를 주고 싶어? 그들에게 어울릴 의자를 아래에 그려봐.

배경 설정

연극이나 영화, 책에서는 처음 시작할 때 캐릭터가 등장하지 않는 경우가 많아. 세상, 풍경, 분위기만 소개하는 거지. 찰스 디킨스 Charles Dickens 의 『황폐한 집』의 도입 부분을 볼까?

"런던. 인정사정없는 11월의 날씨. 큰물이 들었다가 막 땅바닥에서 물러간 듯 길은 온통 진창이다. 10m가 넘는 메갈로사우루스가 코끼리만 한 도마뱀인 양 홀번 언덕을 뒤뚱거리며 올라가는 모습을 본다고 해도 이상하지 않을 것 같다. 함박눈만큼 큼직한 검댕 조각이 섞인 연기가 굴뚝에서 흘러나와 부드러운 검은색 이슬비를 만든다. 태양의 죽음을 슬퍼하며 상복을 입었다고 상상할 수도 있을 것 같다."

이 책에서 주로 다루는 내용은 '법'이야. 찰스 디킨스는 변호사, 검사, 판사들이 판치는 부조리한 세상을 그려. 현실 사회와 그가 조롱하는 법 제도는 모두 짙은 그림자에 가려져 있지. 흥미롭게도 『황폐한 집』은 그렇게 '황폐'하지는 않아. 이야기의 시작을 여는 디킨스식의 풍자 유머가 책의 곳곳에 스며들어 있거든.

짐 자무시Jim Jarmusch의 영화 〈지상의 밤〉에서 카메라는 우주에서 시작해 지구로 날아와. 같은 날 같은 시각을 보여주는 각 도시의 시계들(영화 안에서 따로따로 방문할 장소들)을 한번에 보여주지. 카메라는 먼저 로스앤젤레스의 시계에 초점을 맞춰. 이어서 수영장, 주차된 자동차, 모텔, 전화 부스, 푸드 트럭 같은 거리의 이미지들이 사진처럼 펼쳐져. 그 장소와 분위기를 보여주고 나면 마침내 고정된 카메라가 적절하게 패닝(카메라를 삼각대 위에 고정시킨 상태에서 움직이는 피사체를 따라 카메라를 수평으로 회전시키는 것 -옮긴이)하지. 그리고 나서 한 대의 택시를 보고 따라 달려. 택시 안에서 우리는 비로소 위노나 라이더가 연기한 이 영화의 첫 번째 캐릭터와 만나게 되지.

찰스 디킨스가 『황폐한 집 2』를 쓰고, 짐 자무시가 〈지상의 밤 2〉를 찍는다고 가정해 보자. 두 사람이 모두 한국을 배경으로 삼기로 했다면 네가 추천할 곳이 있어?

찰스 디킨스에게 보여줄 '마을 소개' 글을 써봐. 네가 사는 곳을 좋아할 수도 싫어할 수도 있겠지. 그런 감정이 드러나게 글을 써보자.

짐 자무시가 네가 사는 곳을 배경으로 영화를 찍는다면 추천할 만한 인상적인 이미지들을 생각해 봐. 중요한 건물의 와이드 샷일 수도 있고 깨진 간판이나 오랜 세월에 걸친 낙서의 클로즈업 샷일 수도 있겠지.

괴물들

이 책의 앞부분에서 네가 창조한 괴물들을 되돌아볼 시간이야. 자, 괴물들의 성격을 괴물의 집을 통해 어떻게 드러내면 좋을지 생각해 봐. 괴물은 지하나 늪지의 거대한 조개껍데기, 굵고 큰 나무의 둥치, 층마다 방이 두 칸씩 있는 평범한 이층집 어디에서도 살 수 있겠지. 괴물들을 다시 살펴보고 아래쪽에 괴물의 집을 그려봐. 주변 환경에서 괴물의 성격이 어떻게 드러날지 적어보는 거야.

괴물 지도

또 다른 지도를 그려보자. 네가 만든 다양한 괴물을 지도 위로 불러내봐. 괴물들의 거주지를 나누는 천연의 장벽이 있니? 아니면 괴물들이 물웅덩이를 함께 사용하거나 만나서 검과 방패의 혈투를 벌일 '사람이 살지 않는 땅'은 있어?

닥치는 대로!

운동복 입은 세 마리 곤충을 상상해서 그려봐.
곤충들이 즐길 만한 스포츠를 만들어줘.
어떤 스포츠야? 규칙은 뭐가 있을까?

세계의 불가사의

지구상에서 가장 경외심을 불러일으킨다고 생각하는 장소를 말해 봐. 어디야? 그곳을 왜 골랐어? 대도시나 남부 알프스의 어딘가일 수도 있고, 끝없는 사막이나 남극의 어디일 수도 있겠지.

그 장소의 일부만 여기에 그려. 이야기나 캐릭터가 떠올라? 사람이나 사물 다 괜찮아. 세계관을 창조할 때는 만든 사람 스스로 그 장소에 흥미를 가져야 한다는 걸 잊지 마. 그곳에서 많은 시간을 보내게 될 테니까.

건축

네가 창조한 세상에 건축물이 있지? 어떤 건물이야? 흔히 보던 익숙한 모습? 19세기 프랑스 파리의 주택? 브라질의 빈민가처럼 복잡하게 쌓아 올린 건물? 기계처럼 만든 최첨단 건축물인가? 거대한 생물의 잔재로 만든 건축물은 어때?

신문이나 잡지를 펼쳐서 그림과 사진을 오려봐. 그걸 붙여서 길게 늘어선 빌딩 숲을 만드는 거야. 기존의 건물 모양이 싫다면 조개껍데기든 시계의 숫자판이든, 네가 가진 모든 걸 이용해 봐. 무엇이든 건물로 탈바꿈시킬 수 있어.

도시 계획

마일스 내가 〈스패그 섬〉이라는 30분짜리 애니메이션을 만든 적이 있다고 말한 거 기억하지?

그레그 사람들과 오랜 세월 바다를 지켜온 생물들, 신화적인 존재들이 어우러져 살아가는 바닷가 마을 이야기였어.

마일스 스패그라는 큰 도시가 하나 있는 섬이 배경이었지.

그레그 애니메이션을 만들기 전에 이런 질문들에 답을 구해야 했어. 섬사람들은 다들 어디에 살까? 도시에서 상류층이 사는 곳은 어디이고 지저분한 빈민촌은 어디일까? 상점들은 어디에 있을까? 폐쇄된 항구가 있을까?

마일스 그래서 우리는 도시의 지도를 그렸지.

그레그 그래, 그랬어.

마일스 나는 가끔 지도를 가리키면서 말했어. 프레드는 여기쯤 살겠지?

그레그 오, 그래. 정말 창의적이구나.

도시의 지도를 하나 그려보자. 이름도 짓고 관심이 있는 장소도 표시해 줘.

커피 얼룩

얼치기 바보짓 좀 해볼까. 커피를 마시다가 일부러 엎질러서 바닥을 얼룩지게 하는 거야. 자, 아래 여백에 커피를 흘려서 얼룩을 만들어봐. 얼룩이 마르면 그 모양을 토대로 그림을 그려서 사람이든 섬이든 바퀴든 마음대로 만들어봐.

미주알고주알

인터넷 부동산 중개 사이트에 접속해서 몇 집을 골라 둘러봐. 구석구석
살피는 거야. 낯선 집에서 특별히 발견한 게 있니? 거기 사는 사람들에
대해 말해 주는 것이 있어? 너의 생각을 그리거나 글로 써봐.

대화

주위를 둘러봐. 어떤 물건이 보여? 뭐든 하나를 정해서 네가 그 물건이라고 생각해 봐. 그리고 그 물건의 관점에서 이야기를 꾸며보는 거야.

_____

_____

_____

_____

_____

_____

_____

_____

_____

_____

_____

_____

왕년에는 훨씬 날카로웠지.

편집자 주: '잘 모르겠다!' 싶으면 미야베 미유키의 『나는 지갑이다』를 한번 읽어봐. 지갑의 입장에서 이야기를 꾸며가고 있어.

음악

네가 창조하는 세상을 어떤 분위기로 만들지 고민하고 있다면 한번 생각해 봐. 네가 창조한 세상에는 어떤 음악이 흐르니? 아니, 음악이 있기는 할까? 자주 들었던 익숙한 소리니? 재즈? 로큰롤? 발라드? 아니면 전혀 새로운 음악? 밀려오는 물결에 자갈들이 구르는 소리 같은 음악? 무엇이 네 마음을 사로잡니?

『마루 밑 바로우어즈』처럼 아주 작은 사람들의 세상을 만들고 있다고 상상해 보자. 그들은 실크로드를 여행하는 상인의 짐 가방 속에서 살아. 어쩌면 작은 인어처럼 물속에서 살지도 모르지. 저 멀리 붉은 별 주위를 도는 작고 푸른 행성에서 살지도 모르고. 그 세상에서는 어떤 음악이 흐를까?

어이, 드루그!

이야기 속 캐릭터들은 말투가 독특하면 좋겠어. 신경질적이거나 단호하거나. 아니면 요점만 짧게 말하거나 횡설수설하거나. 어떤 말투가 성격을 넘어 말버릇 자체를 흥미로워 보이게 할까? 요즘 누구나 쓰는 말버릇이 뭘까?

시대극에서는 사람들 말투를 다 옛날식으로 들리게 바꾸는 경우가 많아. 판타지나 공상 과학 소설에서는 전혀 다른 언어를 쓰는 외계인이 등장하기도 하지. 암울한 미래를 그린 이야기에서는 작가가 고안한 특별한 어휘를 사용하기도 해. 조지 오웰의 『1984』에는 국가가 승인한 뉴스피크newspeak가 나와. 사람들의 생각과 이상을 통제하기 위해 만든 언어지. 또 다른 흥미로운 예는 앤서니 버지스의 『시계태엽 오렌지』야.

앤서니 버지스는 러시아어와 영어를 섞어놓은 것 같은 나드샛Nadsat이란 말을 만들었어. 주인공 알렉스는 친구들과 나드샛을 쓰지. 나드샛은 십대들이 단어를 다른 뜻으로 바꾸어 쓰는 방식과 비슷해. 우리가 자랄 때는 좋은 건 모두 '위키드wicked(못된)'나 '배드bad(나쁜)'라고 말했어. 우리 다음 세대에서는 좋은 건 모두 '시크sick(아픈)'였더라고. 하지만 유행이 지났는데도 이런 단어를 쓰면 시대에 뒤떨어진다는 문제가 생겨. 앤서니 버지스가 자기만의 독특한 언어를 만든 이유도 그래서일 거야.

여기 나드샛 단어를 몇 가지 소개할게. 러시아어와 한번 비교해 보자.

머리: 걸리버gulliver
(러시아어는 golova)

얼굴: 릿소litso
(러시아어는 litso)

여자: 치나cheena
(러시아어는 zhenshcheena)

친구: 드루그droog
(러시아어는 droog)

우유: 몰로코moloko
(러시아어는 moloko)

너만의 단어를 만들어봐.

가다	
친구	
적	
음식	
감사	
좋은	
나쁜	

네가 창조한 세상의 언어는 재미만 있어서는 안 돼. 언어의 기능에도 충실해야 해. 무장한 우주인들은 어떤 말을 할까? 야생 동물과 함께 생활하는 사람들은?

다시 보기

네가 사는 도시, 마을을 돌아다녀봐. 평소 미처 보지 못했던 것을 발견하겠다고 다짐하면서 말이야.

가로등 기둥에서 소용돌이 문양을 발견할지도 몰라. 은박지로 막은 창문을 보게 될 수도 있고. 어쩌면 창가에서 거리를 내려다보는 사람을 볼 수도 있어. 전에는 알아차리지 못하고 지나쳤던 것들에서 뭐가 떠오르니? 어떤 느낌이 들어? 예전에는 왜 보지 못했을까?

어려서는 자신을 둘러싼 세상에 민감해. 모든 것이 새로우니까. 세상에 대한 정보를 모으느라 사물의 모양, 소리, 냄새, 감촉에 항상 깨어 있지. 여름날에는 풀밭에 누워 푸른 하늘을 떠가는 구름을 봤겠지. 하지만 커서 머릿속에 정보가 가득하면 하늘의 구름을 보고 '그래. 구름, 흰색, 하늘, 다 아는 거네'라고 의식해. 있는 그대로 보지 않고, 듣지 않고, 느끼지 않게 되지. 아무것도 없는 허공을 돌아다니는 것처럼 자극에 둔감해져.

다시 안테나를 올리고 감각의 연결 고리를 재정비해 봐. 감각이 깨어나면 가치 있는 경험을 만날 수 있어. 창조성의 관점에서 봐도, 마음의 문을 열어서 새로운 통찰로 나아가거나 옛 추억으로 돌아갈 수 있어. 너는 '개인적인 생각과 감정이라 가치가 있을까?'라고 생각하겠지만 많은 이가 공감할 거야. 되살아난 감각의 연결 고리는 관객과의 연결 고리도 되어줄 거야.

오감

너에게는 시각, 청각, 미각, 촉각, 후각, 다섯 가지 감각이 있어. 다섯 가지 감각에 하나하나 따로 집중할 때가 얼마나 될까?

가만히 서서 각각의 감각을 하나씩 떠올려봐. 어떤 감촉을 느껴? 무얼 보고 있어? 바로 보지 못해도 알아챌 수는 있지? 무슨 소리가 들려? 크게 숨을 쉬어봐. 무슨 냄새가 나? 어떤 맛이 나? 손을 뻗어서 만지거나 피부에 닿는 공기를 느껴봐.

허무주의

때로는 세상에서 벗어나고 싶을 때가 있지. 우리는 〈퍼지 퍼지Fuggy Fuggy〉라는 닌자 애니메이션를 만들 때 캐릭터의 실수를 부각시키고 싶었어. 그래서 질감 있는 일본산 종이를 써서 배경을 단순하게 만들었지. 재미를 위한 소품만 장면에 담았고, 나머지는 모두 여백으로 두었어.

디즈니의 단편 〈칠면조 대 순례자Turkey vs Pilgrim〉에서도 비슷한 작업을 했지. 희거나 빈 공간이 많았어. 그게 웃긴 연기를 집중해서 보는 데 도움이 되거든.

마음을 가다듬고 여기 빈 공간을 봐.

공백을 채우지 마.

그림도 그리지 마.

글도 쓰지 마.

허공을 관조하는 거야.

마일스 여기는 볼만한 게 없어. 지나가.

의상

캐릭터를 창조할 때 옷이나 복장이 얼마나 중요한지 배우들은 잘 알아. 외모로 이미 이야기를 건네고 있다면 다음 일이 훨씬 쉬워지거든. 하지만 옷은 인물의 성격만 드러내는 게 아니야. 옷은 세상의 일부이기도 하잖아.

너는 너의 새로운 세상에 어떤 옷을 더하고 싶어? 기존 스타일의 옷? 최신 유행 패션? 현대적으로 재해석한 전통 의상? 여러 스타일을 한데 섞어놓은 옷? 아니면 제복?

옷은 그 사람만이 아니라 사회에 대해서도 많은 이야기를 들려줘. 너만의 제복을 디자인해 캐릭터에 입히고 제복의 각 부분이 무엇을 의미하는지 설명해 봐.

잊힌 장소

가까운 동네나 도시를 돌아다녀봐. 황폐해진 장소를 모두 찾아서 스케치하거나 사진을 찍어서 아래에 붙여.

다 쓰러져가거나 버려지거나 낡아빠진 장소를 골라 자세히 연구해 봐. 누가 살까? 주인이 이 세상을 떠났다면 지금은 어떤 세상에 속해 있을까? 어떤 사연을 간직하고 있을까? 그림 옆에 떠오르는 생각들을 적어봐.

보이지 않는 건물

마일스 길을 걷다가 초인종을 마주쳤어. 초인종 자체로는 이상할 것이 없었는데 초인종 옆에 문이 없었어. 심지어 창문도 없었어. 널따란 돌벽에 달랑 초인종만 있었지. 장난삼아 만들었겠지만 나는 그게 비밀 초인종이라고 상상해. 그 초인종을 누르면 아주 놀라운 모험이 펼쳐지는 거야.

그레그 그 초인종 눌러보지 그랬어?

마일스 눌렀는지도 모르지. 내가 마일스의 탈을 쓴 악마일지 몰라.

그레그 음, 그런 거야?

마일스 당연히 아니지. 어쨌든 말이지, 보이지는 않지만 우리 주변에 특별한 장소가 숨어 있다는 상상은 꽤 재미있어. 『해리포터』에 나오는 그리몰드 광장의 '12번지'를 생각해 봐. 그 집은 '머글(마법을 쓰지 못하는 사람들)'에게는 보이지 않아. 사람들은 누군가의 실수로 12번지가 없는 줄 알지만, 사실 그 집은 뛰어난 마법사와 마녀를 배출한 블랙 가문이 조상 대대로 살던 집인데 말이야. 동네를 한 바퀴 돌아봐. 건물들 사이나 공터에 우리에게 보이지 않는 건물이 있다고 상상해 봐. 누가 그 건물을 볼 수 있을까? 어떤 모양일까? 다음 쪽에 건물을 그려봐. 그리고 건물에서 어떤 일이 벌어질지 이야기를 적어줘.

건물을 그려봐

보라!

'하나님이 지으신 그 모든 것을 보니 보시기에 심히 좋았더라.'

4부에서 만든 작품들을 죽 훑어봐. 그건 다른 세계로 들어가는 작은 문들을 여는 것과 같아. 문을 여는 순간, 네가 상상하는 세상이 얼핏 보일 거야. 자꾸 엿볼수록 더 많이 만들어내고 더 세세하게 채울 수 있어. 다양한 공간을 만들고 싶을 수도 있고, 한 장소에 푹 빠져 더 많이 발견하고 싶을 수도 있지.

테리 프래쳇Terry Pratchett의 『디스크월드』는 놀라운 세계야. 테리 프래쳇은 다양한 캐릭터의 삶을 통해 그 세계의 역사적 시기마다 다른 공간을 창조했어. 이야기 하나하나에 쏟아부은 노력이 모여서 수백만 독자에게 사랑받는, 엄청나게 복잡하고 재미있고 친숙하면서도 놀라운 우주가 만들어진 거지.

마일스 자, 너에겐 캐릭터들이 생겼어.

그레그 세상도 만들어졌지.

마일스 그럼 이제 이야기를 만들 시간이네.

Part 5

***

이야기와 구조

이야기와 이야기 구조를
이야기하는 책은 30억 권쯤 있어.

기본적인 내용이긴 하지만,
우리가 하고자 하는 얘기는 좀 달라.

여기 있는 건 힌트와 조언이 담긴 수프야.
어떤 것은 영화나 애니메이션을 만들 때,
어떤 것은 책이나 짧은 이야기,
그래픽 노블을 쓸 때 더 효과적이야.

이야기 속에 숨은 역학 관계를
더 알고 싶다면 존 요크John Yorke의 책
『숲속으로 Into the Woods』를
추천하겠어.

우리는 아이디어의 흐름을 만들고
그 아이디어에 형태를 부여하는 방법을
몇 가지 제안하고 싶어. 5부에서
중요한 것은 아이디어를 풀어주고
자유로이 노닐게 하는 거야.

앞으로 한참 얘기하겠지만,
구조 안에는 혼란과 질서의
스펙트럼이 존재해.

분위기

구조를 말하기에 앞서, 이야기가 펼쳐질 때 무엇이 독자나 관객의 감정을 건드리는지 생각해 보자.

그래픽 노블에서는 색상과 면 전체를 채우는 프레임의 선택과 구성이 큰 영향을 줄 수 있어.

영화와 TV에서는 음악이 한몫하지. 하지만 이야기의 관점도 중요해. 너는 하나의 시선으로 이야기를 끌어가니 아니면 여러 관점으로 이야기를 펼쳐가니? 최고의 이야기를 만들려면 관점을 어떻게 바꿔야 할까?

네 이야기의 속도나 리듬은 어때? 계속 같은 속도감을 유지하니? 그렇다면 네가 좋아하는 이야기들을 떠올려봐. 잔잔하고 편안한 순간이 있는가 하면, 빠르고 위험한 순간도 있지? 일정한 속도로만 전개되는 이야기는 보는 사람은 물론이고 이야기를 만드는 너 자신까지 지루하게 할 거야.

좋아하는 음악 중에서 속도와 리듬에 변화가 많은 짧은 노래를 반복해서 들어봐. 그리고 간단한 이야기를 지어. 뭐, 이런 식으로 말이야.

- 축구 선수가 골을 넣으려고 경기장을 종횡무진 달리고 있어.
- 우주 비행사가 함대를 찾으러 우주를 헤매고 있어.
- 묘목이 아름드리나무로 쑥쑥 자라나고 있어.

음악이 흘러나오면서 이야기의 분위기가 바뀌고 있다고 상상해. 각각의 순간에 어떤 일이 일어나고 있니? **네 아이디어를 그리거나 적어봐.**

무無구조

그레그 좋아, 구조로 돌아가자! 이번에는 무구조로!

마일스 이야기의 '구조'를 거부하는 사람들도 있어. 짜 맞추지 않고 이야기를 만드는 거지. 너도 의식의 흐름을 그저 따라가봐. 이런 작업은 해방감을 줄 수 있어. 전형적인 구조를 만들어야 한다는 압박감에서 자유로우니까. 최종 결과물이 효과적으로 의미를 전달하지 못할 수 있지만, 분위기와 흐름만으로도 의도는 충분히 보여줄 수 있어.

우리는 몇 년 전 〈코즈월로프〉라는 애니메이션을 만들었어. 구조의 형식이랄 게 거의 없는 작품이었지.

그레그 시작은 이랬어. 엽서에 아무 만화나 그려서 내 아들 앞으로 보냈어. 집에 엽서가 도착하면 벽에 나란히 붙여놓았지. 나중에 보니 그 엽서들이 스토리보드 같은 거야. 아무 관련 없는 순간들로 이어진 스토리보드 말이야. 이게 〈코즈월로프〉라는 영화의 밑거름이야. 영화는 아무 이야기가 없는데, 불합리한 느낌과 어두운 분위기는 잘 전달돼. 마지막에 가서는 분위기가 좀 더 긍정적으로 바뀌지.

너도 그림이 없는 엽서를 사보면 어때? 하루에 한 장씩 엽서에 그림을 그려서 너 자신에게 부쳐봐. 그리고 벽에 그 엽서들을 나란히 붙여나가는 거지. 시간이 흐르면서 어떤 이야기가 만들어지는지 지켜보자고. (엽서 그림은 서로 전혀 연관이 없는 것이어야 해.)

우리가 최근에 만든 영화는 〈365〉야. 이야기 구조가 아주 간단하지. 줄거리를 한 줄로 요약하자면 '1년, 하나의 영화, 하루 1초'야. 우리는 일 년 동안 매일 1초짜리 애니메이션을 만들었어. 이야기 얼개와 원고, 스토리보드는 전혀 없었지.

이야기는 그날 읽은 것, 본 것, 경험한 것에서 나왔고, 거기에 예술적 허용을 약간 더했어. 1초의 순간이 365장면 모여 영화 한 편이 만들어졌어. 서사는 없을지 몰라도, 모든 순간이 1초라는 통일된 구조와 전체 작업이 1년 동안의 경험이라는 사실만은 엄연히 존재하지.

너도 이런 작업을 해보는 건 어떨까? 그림 하나, 한 단어나 한 문장을 1년 동안 매일 그리거나 적는 거야. 오늘부터 시작!

우리의 비메오Vimeo 사이트에서 온라인으로
〈코즈윌로프〉와 〈365〉를 감상할 수 있어.
유료긴 하지만 우리 작품이라고!

바꿔치기

마일스 질서 대 혼돈에서 다음 단계는 바꿔치기가 가능한 이야기야. 〈로드 러너Road Runner〉라는 만화 영화를 본 적 있어? 이야기는 아주 간단해. 배고픈 코요테는 로드 러너를 먹고 싶어 해. 코요테가 먹이를 잡으려고 안간힘 쓰는 웃긴 상황과 쫓고 쫓기는 반복적인 패턴이 익살스럽게 이어지다가 끝나. 코요테는 결국 포기하거나 처음보다 더 엉망진창이 되지. '처음, 중간, 끝'으로 이루어진 기본 구조야.

흥미로운 건 중간 부분이야. 대부분의 경우 상황과 패턴을 바꿔서 배치해도 전혀 문제가 없어. 하나로 이어지는 이야기가 아니거든. 상황과 패턴은 로드 러너를 잡아먹으려는 또 다른 시도일 뿐이야. 이게 문제가 되냐고? 물론 아니지. 우리는 웃고 있고 그게 만화의 목적이니까.

네가 만들었던 괴물들을 다시 불러보자. 괴물 하나가 맛있는 식사를 바라며 다른 괴물을 쫓고 있다고 상상해 봐. 노력이 실패로 끝나고 마는 시나리오를 얼마나 많이 생각해 낼 수 있을까? 아이디어를 여기에 그려봐.

하지만 대부분의 이야기가 이런 식으로 전개되지는 않아.

하지만 또는 그래서

『사우스파크』의 크리에이터 트레이 파커 Trey Parker 와 매트 스톤 Matt Stone 은 TV에 출연해서 이야기를 어떻게 구성해야 하는지 아주 간단하게 조언해 주었어. 그들은 "이야기 사이사이에 '하지만' 또는 '그래서'라는 접속사가 꼭 있어야 한다"고 말했어.

각 순간은 다른 순간에 어떤 식으로든 영향을 미친다는 거지.

"타조가 알을 숨겼어. '그래서' 사자는 알을 찾을 수 없었지. '하지만' 타조는 알을 어디에 숨겼는지 잊었어. '그래서' 뱀에게 알을 찾아달라고 부탁해. '하지만' 뱀도 알 밀렵꾼이라는 사실을 기억해 냈어."

너도 한번 해봐. '하지만'이나 '그래서'를 써서 짧은 이야기를 만들고 이야기가 어디로 흘러가는지 봐봐.

더 낮게 그리고 더 나쁘게

'그래서 또는 하지만' 아이디어는 '더 낮게 그리고 더 나쁘게' 게임과 비슷해. 우리가 일을 막 시작했을 때 '만화 영화 축제'에 참여한 적이 있어. 작가 앨런 길비Alan Gilbey와 데이비드 프리드먼David Freedman이 운영하는 워크숍이었지. 거기에서 알게 된 재미있는 게임 중 하나가 '더 낮게 그리고 더 나쁘게'야.

네가 만든 캐릭터 하나가 여행하고 있다고 상상해 봐. 집을 떠날 때부터 일이 꼬이지만 다행히 잘 해결돼. 그러다 다시 일이 어그러지고, 그 뒤에….

네가 아이디어를 내봐. 이 게임으로 괜찮은 반전 이야기를 만들어낼 수 있어.

마일스 거대한 소행성이 지구를 향하고 있어. 하지만 상황이 더 나아져. 그게….

그레그 우주선이 소행성과 충돌해서 궤도를 바꾸었거든. 그런데 일이 더 나빠져. 왜냐하면….

마일스 소행성이 달과 충돌해서 달을 지구로 돌진하게 만들었지. 다행히 일이 더 나아지는데….

그레그 이렇게 이야기를 이어가는 거야.

다음 쪽에 너만의 이야기를 시작해 봐.

아론 소킨의 말을 인용하면

아주 실험적인 이야기가 아니라면 어떤 이야기든 몇 가지 공통점이 있다는 걸 눈치챘을지도 모르겠군.

- 캐릭터들은 의도가 있다. 늘 무엇인가를 원한다.
- 캐릭터들은 고난을 만난다. 고난은 캐릭터가 목표에 이르는 길에 방해가 된다.

마일스 더 자세한 내용을 알고 싶다면 아론 소킨의 마스터클래스(www.masterclass.com)를 인터넷에서 살펴보도록 해.

그레그 오, 무료니?

마일스 아니. 하지만 인기 드라마 〈웨스트 윙West Wing〉과 영화 〈어퓨굿맨〉을 쓴 아론 소킨이라고!

그레그 알았어, 알았어.

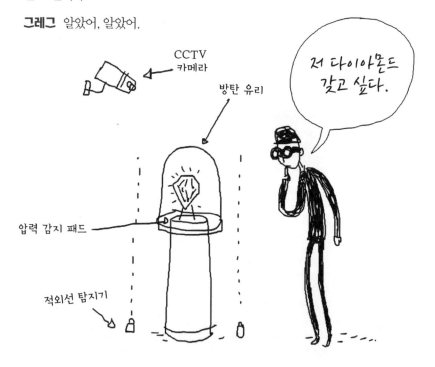

CCTV 카메라

방탄 유리

저 다이아몬드 갖고 싶다.

압력 감지 패드

적외선 탐지기

154

이번에는 새로운 보금자리를 찾아 나서는 토끼 떼 이야기를 쓰고 싶다고 해보자. 토끼들은 지평선 너머의 언덕을 눈여겨봐. 완벽해 보이는 곳이지. 그곳으로 가는 길에서 어떤 고난과 마주칠까? 그것들을 적어봐. 아니면 그 지역 지도를 그리고 길 위에서 만나게 될 장애물을 표시해 봐.

아무 생각이 나지 않는다면 『워터십 다운』을 봐. 책이나 영화를 보고 리처드 애덤스가 어떤 아이디어를 만들어냈는지 확인해 봐!

막, 막, 막 혹은 막, 막, 막, 막, 막?

전형적인 이야기 구조에 충실하고 싶다면 '단락 구성'을 살펴보면 좋겠어. 3막 구조라고 들어봤니? 이야기는 기본적으로 시작, 중간, 끝으로 이루어져.

1막을 시작하면서 세상과 캐릭터들을 설정해. 그러고 나면 전환점이 생겨. 무언가 크게 변하지. 빵!

2막으로 접어들면 캐릭터의 삶이 새로운 방향으로 흘러가. 그들은 고난에 맞서 싸우며 성장해 가지만 결국 악몽 같은 상황에 처해. 그들에게 주어진 진정한 테스트인 거지. 그들은 어떻게 대처할지 선택하고….

3막에서는 모든 것이 마무리되고 해결돼. 이야기 구조를 설명하는, 눈 돌아갈 만큼 복잡한 도해가 수두룩해. 하지만 본질적으로 우리는 같은 기본 원칙을 고수해. '캐릭터는 의도를 갖고 고난과 마주해야 한다'는 거지. 각 단락(막)은 전체 이야기의 리듬, 가장 중요한 결정과 위험을 마주하는 순간에 대해서 아이디어를 줘.

그레그 3막 구성이 혼란스러워 보인다면 5막 구성은 더할 거야.

마일스 아니, 실제로는 일을 더 단순하게 만들어줘. 새로운 아이디어를 가진 작가들은 대부분 이야기를 어떻게 시작하고 끝낼지 이미 구상하고 있어. 1막은 시작, 3막은 끝으로 정리되지.

그레그 그렇다면 2막은 어때? 너도 알다시피, 2막은 이야기에서 가장 많은 부분을 차지해. 어떻게 구성할 거야?

마일스 그럴 때 5막 구성은 아주 유용해. 1막은 그대로 1막, 3막은 끝이니까 5막이 돼. 본격적인 이야기가 진행되는 2막을 세 개의 부분, 그러니까 2막, 3막, 4막으로 나누는 거지. 2막을 세 부분으로 나누면 이야기를 구성하기가 훨씬 쉬워. 자, 이렇게 진행되는 거야.

5막 구성

1막: 사건들이 시작된다.
2막: 일이 잘 풀린다!
3막: 일이 꼬인다.
4막: 일이 끔찍해진다!
5막: 모든 것이 해결된다.

이런 식으로 영화를 한 편 쓸 수 있어. 짧은 이야기나 시도 쓸 수 있지!

로미오와 줄리엣이 만나고, 큐피드는 사랑의 화살을 날린다.
사랑에 빠진 두 사람은 키스를 나누다가 결혼반지를 산다.
하지만 그들의 친구 머큐시오가 죽어가면서 두 사람을 저주한다.
둘은 잠시 숨어서 자신들이 죽었다고 세상을 속이기로 한다.
하지만 편지가 잘못 전해지면서 둘은 정말로 죽음을 맞는다.

이야기를 완성해 봐.

옛날 옛적에…

커다란 전환점을 맞을 때까지….

이로써 2막으로 이어지는데 놀랍게도 상황이 좋아진다.

왜냐하면…

하지만 3막에서 일이 꼬인다.

왜냐하면…

4막에서는 상황이 최악으로 치닫는다.

왜냐하면…

하지만 5막에서 모든 것이 해결된다.

왜냐하면…

그레그 우리가 5막 구성을 아주 간단하게 만들어줬지?

마일스 어느 정도는. 하지만 문제는 엉터리 약장수가 너무 많다는 거지. 너도 혼란스러울 거야. 세미나에 가라, 티셔츠를 사라, 책을 사라… 말들이 많잖아.

그레그 지금 우리가 떠들고 있는 이 책을 말하는 거야?

마일스 절대 아니지. 이건 훌륭한 책이잖아.

닥치는 대로!

외눈박이 거인, 두눈박이 거인, 세눈박이 거인을 그려볼까? 자, 시작!

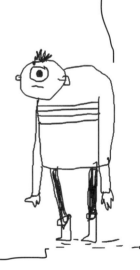

너라면 어떻게 쓸래?

흥미로운 훈련법을 하나 소개할게. 일단 드라마나 영화를 처음부터 몇 분 동안 봐. 주인공이 새로운 사건을 맞이하면 멈춰놓고 그때까지 일어난 일을 적어. 그러고 나서 너라면 그 장면을 어떻게 끝낼지 쓰는 거야.

앞으로 무슨 일이 일어날까? 다 쓰고 나면 이어서 봐봐. 얼마나 비슷해? 완전히 달라? 양쪽에서 마음에 드는 점은 뭐였어?

_____

_____

_____

_____

_____

_____

_____

_____

_____

_____

_____

_____

_____

마일스 어린이용 TV 프로그램 작가 워크숍에서 몇몇 사람과 이 연습을 해봤어. 사람들에게 〈바다탐험대 옥토넛〉의 한 장면을 보여줬어. 11분짜리를 3분 15초까지만 보여주고 이어지는 이야기를 구상하게 시켰지. 결과가 궁금해? 직접 해봐!

그림으로 글쓰기

그레그 글을 써야 할 때 글을 쓰지 않는 것이 도움이 될 때가 있어.

마일스 무슨 귀신 씻나락 까먹는 소리야?

그레그 아이디어를 글 대신 그림으로 그려보라는 얘기야.

마일스 아, 알겠다. 좋은 생각이네.

그레그 문득 웃긴 장면이 떠오를 수도 있잖아. 그걸 그려봐.

마일스 아니면 평소 네가 꿈꾸던 일을 그려볼 수도 있어.

그레그 스카이다이빙을 하는 여성이 있다고 상상해 봐. 막 비행기에서 뛰어내릴 참이야.

마일스 어떤 일이든 일어날 수 있어. 너한테 달려 있지.

그레그 정확하고 상세한 이야기를 바라는 게 아냐. 낙서하듯 적어보라는 거지. 대강 스케치하듯이 아래 칸을 채워봐. 다음 쪽에는 다른 이야기를 그려봐.

세 가지의 시작

대부분의 이야기는 세 가지 상황 중 하나로 시작해.
상실, 악행, 새로운 것의 도래.

1. 결핍 혹은 상실

'내 다이아몬드가 사라졌어!'

'낼 돈이 없어.'

'태양이 사라졌다!'

'어쩌지, 길을 잃었어.'

'성배만 잃어버리지 않았더라면!'

2. 나쁜 짓

"100만 파운드를 주지 않으면 네 곰 인형을
다시는 만날 수 없게 해주겠다!"

"경찰이 널 체포하러 오고 있어. 정말이야.
하지만 내가 보호해 줄 테니 걱정은 마.
널 원숭이로 분장시킨 뒤 서커스단 우리에
숨겨 지구 반대편으로 보낼 거야."

"수녀의 길을 포기하고 내 아내가 되어준다면
네 오빠를 감옥에서 나오게 해주지."

3. 세상의 변화나 새로운 것의 도래

"아침에 일어나서 새로운 언덕을 발견했어.
이게 다 뭐야?"

"정원에 나가봤어? 지하 감옥으로 가는
문이 생겼어. 꽃들이 엉망이 될 거야."

"무슨 일 있어, 이오네스코?"

"오늘 아침에 일어났더니 코뿔소 머리가
됐지 뭐야."

"너는 어때, 카프카?"

"아침에 일어났더니 내가 거대한
벌레로 변했더라고!"

마일스 어디에서 이야기를 시작할지 막막하다면 이 셋 중 하나를 상상해 봐.

그레그 뭔가 사라졌거나 행방이 묘연한 거지.

마일스 아니면 악당이 나쁜 짓을 벌이거나.

그레그 그것도 아니면 세상의 균형을 깨뜨리는 새로운 일이 일어난 거야.

앞에서 네가 만든 괴물들이 나오는 이야기 하나를 상상해 보자. 세 가지 이야기를 구상해 봐. 하나는 무언가를 잃어버려서 생기는 일(상실), 또 하나는 고의적이고 이기적인 행동 때문에(나쁜 짓), 나머지 하나는 세상이 괴물을 중심으로 바뀌어서 생기는 일(변화)이야. 네 이야기를 들려줘.

아흔 아홉 가지 이야기

무슨 이야기를 어떻게 펼칠지 아는 것만으로는 충분치 않아. 형식도 정해야 해. 레몽 크노Raymond Queneau는 이 생각에 집착해서 짧은 이야기 하나를 아흔 아홉 가지 다른 형식으로 썼어. 『문체 연습: Exercices de style』(문학동네)은 정말 대단한 읽을거리야. 어떤 것은 엄청 짧고, 어떤 것은 좀 길어. 주관적인 관점에서 쓴 것도 있고, 구경꾼 입장에서 쓴 것도 있지. 어떤 것은 너무 실험적이어서 거의(아니 전혀) 의미가 없을 정도야. 대신 흥미롭고, 놀랍고, 재미있기까지 하지.

여기 간단한 이야기가 있어.

저녁 식사 시간에 늦어서 집으로 달려가는 길이었다. 한 노인이 챙 넓은 모자를 쓰고 길가의 구덩이를 들여다보고 있었다. 노인은 휘파람을 불고 있었는데 아는 곡조인지 아닌지 아리송했다. 나도 노인 옆에 잠시 서서 구덩이를 들여다보았다. 보이는 거라고는 어둠뿐이었다. 뭐가 보이는지 물어보려다가 그만두고 서둘러 집으로 왔다. 다음 날 나는 기차역 쪽으로 자전거를 타고 달리는 노인을 다시 보았다. 2인용 자전거를 혼자 타고 있었다.

메모 형식으로 적었다면?

집으로 달려감. 늦음. 노인. 모자. 구덩이. 휘파람. 낯익음. 봄. 아무것도 안 보임. 의사소통 없음. 집. 다음 날. 자전거. 같은 사람. 2인용 자전거. 혼자.

제삼자의 관찰자 스타일이라면?

화요일 오후. A씨(30대, 검은 양복, 갈색 머리, 안경, 키 178센티미터, 몸무게 약 72킬로그램)가 해링턴 거리를 헐레벌떡 달려가다가 B씨(60대, 긴 황갈색 트렌치코트, 챙이 넓은 검은 모자, 키 183센티미터, 몸무게 약 65킬로그램)를 만남. B씨는 말없이 휘파람만 흥얼거림. 은밀한 암호일까? 알 수 없음. A씨와 B씨는 잠시 구덩이를 관찰함. 무엇을 발견했는지는 알려지지 않음. 구덩이의 원인이 그들에게 있는지 조사 필요. 수요일 오전. A씨가 B씨를 다시 목격. A씨는 거리를 걷고 있음. B씨는 2인용 자전거를 혼자 타고 있음. 동반 탈주의 가능성은?

이번에는 네 차례야.

모자를 쓴 노인의 이야기를 동화나 시, 영웅담으로

써보는 거야. 즐거운 시간 보내!

_____

_____

_____

_____

_____

_____

_____

_____

_____

_____

_____

_____

_____

_____

편집자 주: 아이템 하나만을 가지고 스토리 전체를 끌어가는 방법도 있어. 다니엘 포르의 『한 페이지마다 죽음』은
페이지마다 뭔가 죽어가. 이게 이 소설을 펼쳐 나가는 방식이야.

스토리 엔진

그레그 마일스, 너는 어린이용 TV 프로그램을 많이 썼잖아.

마일스 그렇지. 멋진 일이야. 난 아직도 철이 덜 들었으니까.

그레그 그건 나도 알지. 그래서 말인데, TV 프로그램은 에피소드가 몇 편이나 필요한 거야?

마일스 시리즈마다 52편 정도.

그레그 우아, 정말 많다!

마일스 그렇지. 그래서 스토리 엔진이 있어야 하는 거야.

그레그 스토리 엔진? 뭐 이런 거야?

마일스 와우! 저런 거 하나 있으면 좋겠다.

스토리 엔진은 이야기를 구성하는 방식이야.
같은 우주에서 같은 캐릭터들로 다양한 이야기를 만들 수 있게 해주지.

우리가 어렸을 때 〈백퍼스Bagpuss〉라는 근사한 어린이 TV 프로그램이 있었어. 백퍼스는 중고 물품 가게에서 살고 있는 고양이 인형인데, 에피소드는 매번 새로운 물건이 가게에 들어오면서 시작돼. 그들은 새로 들어온 물건에 대해 알아내려고 애쓰면서, 서로의 이야기를 들려주고 노래를 부르면서 이야기를 펼쳐가. 결국 새로 온 물건이 무엇인지 의견 일치를 본 뒤 적당한 자리에 놓아두는 거지.

또 다른 프로그램 〈미스터 벤〉에서는 검은 양복 차림의 벤 아저씨가 거리를 걷다가 의상실로 들어가면서 이야기가 시작돼. 아저씨는 옷을 갈아입은 뒤 마법의 문을 열고 옷과 관련된 모험을 떠나지.

〈스타 트렉〉에서는 엔터프라이즈 호의 승무원들이 광활한 우주에 탐험을 나와 있어. 그들은 곳곳에서 일어나는 현상들이 우주에 피해를 입히기 전에 해결하는 임무를 수행해야 하지.

이런 프로그램들은 다양한 이야기를 끌어낼 수 있는 스토리 엔진을 가지고 있어. 탐정물의 경우, 서로 다른 범죄와 그 사건을 해결하고자 하는 욕구가 스토리 엔진이 되지. 병원 드라마에서 스토리 엔진은 각종 질병과 병을 고치려는 욕구일 거야.

다양한 이야기를 펼치고 싶다면 네 안의 스토리 엔진이 뭔지 정확히 찾아내야 해.

좋아하는 책이나 TV 프로그램, 영화가 있어? 그 책이나 TV 프로그램의 스토리 엔진은 뭐야?

READ BOOKS. YOU CAN'T BE INSPIRED IF YOU HAVEN'T BEEN INSPIRED.

책을 읽어. 영감은 받아봐야 줄 수도 있거든.

이야기 마무리하기

나무들이 이야기한다. 입이나 혀로 하는 건 아닌 게 분명하다. 그래서 나무들의 언어는 더 오묘하다. 나무들은 노래한다. 물방울 속에서, 당분이 체관부를 지나 여행하는 동안 타닥거리면서, 달싹거리는 나뭇잎의 희미한 떨림 속에서. 나무들은 땅속에서 뿌리가 한데 엉겨 붙어 뒤틀어 꼬고 교감하면서 부대끼며 이야기한다. 나무들은 종종 기지개를 켜고, 꽃을 피우고, 나이테를 덧쌓느라 아무 말도 하지 않는다. 하지만 오늘 나무들은 서로에게 소리를 내지르다시피 하고 있는데….

잠재의식에 귀를 기울여

영국의 유명한 드라마 작가 그레이엄 라인핸Graham Linehan은 한 인터뷰에서 자신은 웃긴 이미지 하나로 이야기를 짓는다고 밝혔어. 주인공이 셔츠를 입지 않고 사무실을 돌아다니는 장면이 꿈꾸듯 머릿속에 떠올랐을 거야. 그는 그 생각만으로도 툭 웃음이 터지고, 이 우스꽝스런 순간 뒤에 어떤 상황이 벌어질지 생각하지 않았을까?

잠재의식에서 툭 튀어나온 희한한 아이디어가 두세 개 있다고 상상해 봐. 전혀 연관 없는 이미지여도 괜찮아. 이 이미지들을 하나의 이야기 안에 끼워 넣어야 해. 단편적인 사건과 이미지들을 엮어 개연성 있게 맥락을 잡아가는 훈련을 스스로 해보는 거지. 이러한 과정은 흥미롭고 독특한 이야기를 창조하는 데 도움을 줘.

조용한 장소를 찾아 느긋하게 앉아서 긴장을 풀어. 너의 호흡을 느껴봐. 코로 숨을 들이마시고 입으로 내뱉어. 눈을 감고 생각이 자유로이 떠돌게 놓아둬. 네 마음의 눈은 뭘 보고 있니? 아무 관련 없는 아이디어들을 합쳐봐. 웃음이 나거나 움찔하게 하는 이미지가 떠오를 수 있어. 악어가 탄 기차, 셰익스피어 유령이 자기 강아지에게 깃들었다고 여기는 아이.

마일스 아니면, 으흠…. 더 나은 것!

그레그 여기에 글을 쓰거나 그림을 그려봐.

박물관에 가자!

마일스 우리 집은 영국 옥스퍼드에서 한 시간 정도 거리에 있어. 옥스퍼드는 유명한 대학 도시라 가볼 만한 근사한 장소가 많아. 특히 인류학·고고학 전시물로 가득한 피트 리버스 박물관Pitt Rivers Museum이 매력적인데, 19세기에 피트 리버스 장군이 설립했어. 우리는 장군이 세상을 돌아다니며 전형적인 빅토리아 시대 사람처럼 말하는 모습을 상상하곤 해.

"오! 정말 멋지군.
이제 이건 나의 것이야!"

장군에게 실례가 될지도?
어쨌든 이 박물관은 인류학적 기쁨을 계속 수집해 왔어.
영감의 원천이지.

그레그 나는 이곳에서 많은 전시물을 스케치했고 일부는 우리 애니메이션에 사용하기도 했어. 너도 가까운 박물관들을 알아봐. 관심 가는 곳이 있어? 그럼 어서 달려가. 스케치북이나 노트도 꼭 챙기고. 전시물을 연구하며 시간을 보내봐. 네가 본 것들이 캐릭터나 세상, 이야기, 아니 그 모든 것에 영감을 줄 거야.

다시 쓰기

"글쓰기는 다시 쓰기다"라는 말 들어봤니? 그게 무슨 의미일까? 이야기의 초고를 막 마치면 다시 써야겠다는 생각밖에 안 들잖아.

괜찮아. 초고를 마쳤으면 "잘 해냈다" 하며 스스로 어깨를 두드려주고 접어둬. 며칠만 기다려 봐. 그러고 나서 다시 작품으로 돌아가는 거지.

아래의 내용을 참고하면서 네 이야기를 찬찬히 살펴봐. 작품을 더 탄탄하게 만드는 좋은 방법이 될 거야.

- 아이디어를 반복하지는 않았을까?

- 문장을 덜어내도 괜찮을까?

- 각 장면이나 장을 줄여도 이야기가 그대로인가?

- 캐릭터들이 자기 성격에 충실한가?

- 인물이 너무 많진 않나? 이야기를 끌어가는 데 필요한 최소한의 인물은 몇 명일까?

- 인물들이 너무 수다스럽지 않나? 말 대신 몸짓이나 고갯짓으로 소통해 보면 어떨까?

- 그다지 인상적이지 않은 장면은 없나? 그 장면을 통째로 빼도 될까?

- 차가 도착하면서 사람들이 차문으로 걸어간다고? 그럼 차가 이미 도착했거나 사람들이 이미 방 안에 있는 장면에서 시작하면 안 되나?

초고를 다 쓰면 믿을 만한 사람들에게 피드백을 구하는 것도 도움이 돼. 사람들이 이해하지 못하는 부분이 있다면 이야기 흐름이 명확하지 않다는 좋은 신호야.

영국을 대표하는 세계적인 거장 대니 보일Danny Boyle 감독은 시나리오 작가에게 원고를 직접 읽어달라고 한대. 대본이 제대로 되었는지 파악하기에 효과적인 방법이지. 쓸데없는 대화가 있는지 확인할 수 있고, 전개가 너무 늘어지거나 지지부진한 대목도 잡아낼 수 있고.

컷 채우기

작가는 그림으로 쓰고, 일러스트레이터는 글로 그리는 훈련이 필요해. 뇌를 말랑 말랑하게 해야 이야기를 보는 눈도 달라지고 창작 도구도 더 얻을 수 있거든.

빈 컷을 채워봐.

듣고, 읽고, 보고!

마일스 작가로서 막 일을 시작했을 때 나는 의도적으로 다른 매체에 글을 쓰려고 노력했어. 내가 밥벌이로 하는 일은 애니메이션 글쓰기야. 적절한 행동과 웃긴 상황을 쓰는 데 집중해야 하지. 많은 작품에 대사가 거의 없어. 그래서 라디오극을 써보면 좋겠다고 판단했어. 이미지 없이 음향 효과와 대화만으로 이루어지는 이야기를 쓰는 것이 내겐 쉽지 않은 과제였지.

그레그 네가 하고 싶은 일과 전혀 다른 매체에 도전해서 배울 점이 무엇인지 생각해 봐. 혹시 넌 시 쓸 생각은 요만큼도 없는 그래픽 노블 작가 아냐? 그림엔 젬병이란 걸 너무나 잘 아는 시나리오 작가일지도 모르겠군.

마일스 자기 영역을 한계 짓지 마. 그렇다고 다른 분야까지 잘할 필요는 없어. 네가 발견한 것을 보기 위해서 모래밭 위의 아이처럼 그저 거기서 놀면 돼. 세이프 존safe zone(자신 있는 분야 -옮긴이)으로 데려갈 새 기술을 발견할 수도 있어.

그레그 그러니까 모래밭은 세이프 존 근처에 있는 거네?

마일스 그래, 전문 분야 근처에 있지.

컴퓨터 단말 장치

컴퓨터 단말기를 여기에 그려봐. 스크린, 버튼, 레버, 다이얼 등 네 마음대로 그려.

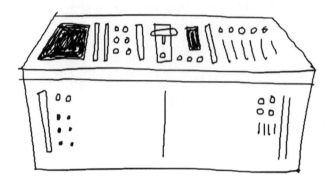

이제 그게 뭔지 말해 줘.

무슨 기계야? 측정하는 거야? 아니면 터뜨리는 거? 만드는 거? 파괴하는 거?

이 아이디어가 보다 큰 이야기의 일부일 수 있을까?

음악에 맞춰 그리기

싫어하는 종류의 음악을 찾아서 들어봐. 왜 싫은지, 어떤 부분이 싫은지 주의를 기울여. 그 느낌을 그림으로 그려봐.

화면 밖의 행동

마일스 네 살짜리 아이가 보는 TV 프로그램을 쓸 때 알아둘 것이 있어. 화면 밖에서는 절대 이야기를 진행할 수 없어. 흐름상 중요한 사건을 짐작하리라 기대해서는 안 돼. 아이들은 보지 않으면 이해하지 못하거든.

그레그 솔직히 어른들이 보는 TV 프로그램도 비슷해. 인기 드라마 〈기묘한 이야기〉에서는 모든 사건이 우리가 화면을 통해서 만나는 캐릭터들에게만 일어나. 인생에서 중요한 어떤 아저씨, 그러니까 본 적은 없지만 이야기에 영향을 미친다는 아저씨 사연으로 시간을 쓰지 않는다는 말이야. 그들은 화면 안에서만 서로 이야기를 나누고 함께 행동해. 만나보지 못한 누군가를 신경 쓰는 건 어려운 일이야. 우리가 좋아하는 캐릭터가 화면 밖 미지의 인물에 관심을 가진다고 해도, 시청자도 그렇단 법은 없잖아.

마일스 얼마 전 나는 어린이를 위한 대본을 하나 썼는데, 주인공이 엄마를 그리워하는 장면이 나와. 문제는 엄마가 화면에 등장한 적이 없다는 거야. 고맙게도 함께 일하는 친구가 그 점을 지적해 주었지. 우리는 내용을 다시 검토한 뒤 주인공이 여동생과 크게 다투는 장면을 새로 써서 에피소드를 바꿨어. 여동생은 등장하는 캐릭터거든. 여동생은 시청자가 '인식할 수 있는' 사람인 거지.

그림 일대기

갓난아기나 아이 캐릭터를 하나 그려. 그리고 조금씩 나이 들어가는 모습을 연달아 그리는 거야. 그들에게 일어났을 일들이나 그들의 외모를 변하게 만들었을, 건강과 행복에 영향을 미쳤을지 모를 일들에 대해 메모를 덧붙여봐.

여기 예를 하나 보여줄게.

"캐릭터가 줄거리보다 중요해"라거나 "기본은 캐릭터가 아니라 줄거리지"라는 말을 들어봤을 거야. 하지만 좋은 이야기는 캐릭터와 줄거리가 긴밀하게 엮여 있어. 결국 둘은 같은 거야. 좋은 사람이든 나쁜 사람이든 추악한 사람이든 우리는 사람들의 일대기 듣는 것을 좋아하잖아. 너의 삶은 너의 이야기이면서 너라는 인물을 보여주기도 해. 캐릭터의 이야기도 그래.

이야기 노예

너는 아주 매력적인 이야깃거리를 가지고 있을지 몰라.
하지만 이야기를 끌고 가면서 캐릭터들이 자기 성격과 어울리지 않는
일을 하도록 만들고 있진 않니?

그렇다면 당장 멈춰!

이야기는 캐릭터들의 성격을 바탕으로 만들어져야 해.
노예처럼 이야기가 하라는 대로 움직이면
캐릭터들은 진실성을 잃어버리고, 이야기는 지루해져.

끔찍한 해적 캐릭터를 만들었다고 해보자. 사람들을 난도질하고,
술독에 빠져 살고, 남녀노소, 동물에게 할 것 없이 폭력을 휘두르던 놈이야.
그런데 갑자기 착해져서 어린 소녀가 길을 찾게끔 도와주면서 아름답게
이야기를 마무리하면 어떨까? 사람들은 짜증 낼 거야.

PUSH YOUR CHARACTERS TO THEIR LIMITS BUT KEEP YOUR CHARACTERS CONSISTENT, BELIEVABLE AND LOGICAL

캐릭터는 끝까지 일관되고, 믿을 수 있고, 논리적이어야 해.

말과 그림

그래픽 노블, TV, 게임, 영화처럼 말과
그림을 결합시키는 매체에서는 말과 그림이
같은 일을 하지 않는 게 좋아.

좀 더 세련된 이야기는 보여주는 것 이상의 말을 하는 거야. 보여주는 것에 대한 자세한 설명일 수도 있고, 오히려 반박하는 것일 수도 있지. 두 사람이 악수하는 모습은 언뜻 솔직담백해 보이지만, 무슨 속셈을 숨기고 있는지 누가 알겠어?

두 친구를 그려봐. 몇 년 만에 다시 만나서 엄청 기뻐하고 있어.
그런데 반가운 인사 대신 욕을 퍼붓네. 둘 사이에 무슨 말들이 오갈까?

일기에게

이야기를 건넬 다른 방법이 없을까? 일기 형식은 인기 있는 이야기 방식이야. 일기는 1인칭 서술의 특별한 형태지. 3막 구조 이야기와 달라 보일 수 있지만, 의도를 가진 캐릭터에게 방해가 되는 장애를 기록한다는 점에서 3막 구조와 다르지 않아.

마일스 내가 쓴 짧은 이야기의 앞부분을 보여줄게. 두 개의 일기는 각기 다른 사건을 기록하고 있는데, 나중에는 사건들이 서로 맞물려.

<망원경> (두 일기 이야기)

78월 35일 쿠금요일

하! 누의 막내 왕자인 나, 소랙스는 마침내 길을 떠났다. 나는 별들의 벽을 뚫고 우주로 날아가고 있다. 이걸로 아빠와 엄마도 배우는 게 있겠지! 아무리 눕너그 행성에서 성운의 지배자이고 은하계의 황후일지 몰라도, 내 보스는 아니잖아! 나를 찾겠다고 드라비안 구조대를 보내겠지. 하지만 나를 절대 찾지 못할 거야. 나한테는 투명 방패가 있다고. 행운을 빈다, 멍청이들아! 그만들 포기하시지! 하지만 난 다시 돌아올 거야. 당당히 금의환향할 거라고! 내가 정복할 만한 행성을 찾으면 싸워서 완파한 뒤에 영광스러운 정복자로 돌아올 테다! 하하하!

추신. 오늘 새로운 단어를 배웠다.
- 완파하다: v. 완전히 무찌르다, 정복하다, 물리치다, 제압하다.

8월 5일 금요일

일기에게

아, 지루해. 나는 너무 지루해서 미칠 것만 같아. 지루, 지루, 지루, 지루, 지루, 지루, 지루해. 정말 지루해 죽겠단 말이야. 아빠한테 툴툴거렸더니 "누구나 그래, 제나"라고 하고, 엄마한테도 툴툴댔더니 "장난감 가지고 놀지 그래?" 하더라고. 세상에나, 내 장난감 봤어? 다 낡아빠진 고릿적 장난감. 내가 아직도 아기인 줄 아나 봐! 갓난쟁이 톰에게까지 지루하다고 말했어. 그 녀석은 "바바바바"라고 하더라고. 주말인데 아무 일도 없이 이게 뭐람! 정말정말정말 지루해!

78월 36일 슬토요일

반가운 소식. 우주를 탐색하다 목표물을 찾아냈다! 노란 태양 주위를 도는 작고 푸른 행성이지. 탐지기를 보니 그 행성 사람들은 엄청 원시적이더라고. 내가 저들을 완파하리라! 저들의 멍청한 두뇌와 깡통 기계들은 내 퉁거리안 전투 로켓과는 상대가 안 되지. 하하하! 또 다른 소식. 엄마와 아빠(황후와 지배자)가 내게 영상 메시지를 보냈더군. 허튼짓 그만하고 돌아오라나? 내게 무심했던 건 미안하지만 태양계 다스리기가 보통 일이 아니라고? 아, 됐습니다, 됐어요!

8월 6일 토요일

일기에게

쇼핑을 갔는데 정말 지루했어. 엄마는 300만 년 동안 신발만 신어볼 참인지 날 영화관에 데려 갈 생각도 않더라고. 그래 놓고 신발은 한 켤레도 사지 않았지! 짜증 나! 아빠도 지루해서 혼자 가버렸어. 나도 가겠다고 했더니 뭐라고 웅얼웅얼. 안 된다는 뜻이지! 잠시 후 아빠는 망원경을 하나 사서 돌아왔고 엄마와 말다툼을 했어. 엄마가 아빠 주머니는 구멍 난 게 틀림없다고 말했고, 아빠는 망원경이 유용한 물건이라고 말했어. 엄마가 구두가 유용한 거라고 말하길래 나는 엄마가 구두를 한 켤레도 사지 않았다고 알려줬지. 그랬더니 엄마가 "말은 은이요 침묵은 금"이래. 대체 그게 무슨 소리야! 으아!

이제 뒷부분을 이어보자. 어떤 이야기가 될까?

하나의 사건, 두 개의 일기

중요한 사건 하나를 전혀 다른 두 사람이 목격했다고 상상해 보자. 어떤 사건일까? 그 사건으로 이끌고 들어가는 두 사람의 일기가 어떻게 읽힐지 생각해 봐.

내리 쓰기

백지를 앞에 두고 뭘 써야 할까 궁리하며 앉아 있지 않니? 생각을 쥐어짜는 대신 저절로 굴러가게 두는 것이 답일 수도 있어. 너의 두뇌는 순간 대처 능력이 있어. 어느 순간에도 140억 개의 뉴런이 이미 움직이고 있다고. (우리가 인터넷에서 찾은 사실이니까 맞을 거야.)

책을 한 권 집어서 아무 데나 펼쳐봐. 글은 읽지 말고 단어 하나만 손가락으로 짚어. 이제 짚은 단어를 보고 적어. 그리고 나서 그 단어보다 앞쪽에서 아무 곳이나 짚어서 두 단어를 골라. 같은 방법으로 뒤쪽에서도 두 단어를 골라서 적는 거야. 그렇게 한 책에서 단어 다섯 개를 무작위로 고르는 거야. 이게 '유도 단어'야. 그다음 이야기를 창작하기 위한 상상 도구로 이 유도 단어들을 사용하지.

유도 단어들을 보고 스토리를 떠올린 뒤 5분 동안 멈추지 않고 글로 쓰는 거지. 쓰고 있는 내용이 어떤지 생각하지 마. 글이 좋은지 나쁜지, 말이 되는지 안 되는지도 걱정하지 말고 그냥 써.

머릿속에 떠오르는 생각을 무엇이든 적어봐.
마일스가 쓴 샘플이 여기 있어.

유도 단어 재앙의 여신 아테, 젊은, 밤, 휴전, 훔치다

아테 마녀들은 스마르그의 그래돈을 타다가 저 멀리서 그토록 오랫동안 기다려온 하늘의 불빛을 보았다. 푸른 불빛, 어떤 금은보화나 블루 다이아몬드보다 짙은 푸른색 빛을 말이다.
나뭇가지를 타고 차가운 공기를 가르던 겔트라가 그 빛에 멈칫했다. 겔트라는 누구보다 오래 기다려왔고, 자신의 운명이 지금 벌어지고 있는 사건들과 얽혀 있음도 알았다. 마녀들은 서로 쳐다보지 않고도 일제히 임무를 뒤로하고 지평선 쪽으로 향했다. 달이 보이지 않는 밤은 더 어두워지고 푸른빛이 더 선명해졌다.
마침내 그곳에 도달한 마녀들은 낮게 원을 그리며 맴돌았다. 아래는 오로지 바다뿐이었다. 깊은 바다 밑에서 거대한 빛이 손짓했다. 물고기들이 퍼덕거리며 떼 지어 바다 위로 뛰어올랐고, 새우들은 깊은 바닷속에서도 경쾌하게 헤엄쳐 다녔다.

백색 마법의 마녀들도 날아와 하늘을 빙빙 돌고 있었다.
멀리서 같은 신호를 보았음이 틀림없었다. 예전 같으면
당장 서로를 공격했겠지만 지금은 두 부족이 하나인 듯
함께 원을 그리며 천천히 아래로 내려갔다.

겔트라는 백색 마녀들 사이에서 페르시노그를 보고
고개를 끄덕했다. 페르시노그도 겔트라를 알아보고
눈짓을 했다. 말이 없는 절제된 움직임이었지만
겔트라는 페르시노그의 눈빛에서 일종의 따스함,
어쩌면 미소를 보았다고 생각했다.
그 미소는 겔트라가 한때 무척 사랑했던
여동생을 기억나게 했다. 아주 오래전의 일이었다.

그들이 바다에 닿을 듯 내려오자, 빛나는 푸른색 수정이 표면
을 뚫고 나오며 새로운 땅을 만들었다. 푸른 유리로 된, 거대
한 황산구리 결정 형태의 땅이었다. 마녀들은 내려서서 서로
에게 걸어갔다.

수정은 바다 위로 슬금슬금 올라왔다. 잠시 뒤 겔트라는 오랫
동안 의심했던 장면을 또렷하게 확인할 수 있었다. 나비, 물
고기, 강아지, 여기저기의 사람들…. 여러 생명체가 젤리 속
에 갇혀 있었다. 그리고 거기, 빛의 중심에 모두가 아는 한 사
람이 있었다. 모든 힘의 근원인 그뤼헤그의 룬갈로트 마녀.
제1의 마녀이자 마법의 결정체.

마일스 보니 2011년 7월 7일에 쓴 글이더라고. 이 글을 '내리 쓰기' 폴더에서 발견했어. 내리 쓰기의 재밌는 점은 글을 쓴 뒤에 무엇을 썼는지 전혀 기억하지 못할 때가 많다는 거야.

그레그 잠재의식에서 바로 *끄*집어 올린 글이라 그럴 거야.

마일스 내리 쓰기 글을 보면 다른 사람 글을 읽는 기분이야. 그게 새로운 영감을 줄 거야.

그레그 이 글에서 알게 된 건 네가 마녀, 황산구리 결정, 유치한 이름 지어 붙이기에 무의식적으로 매료되어 있었다는 거야.

마일스 니나그로그의 투푸를 링발해.

자, 너도 해봐.

일어날 수 있는 최악의 일

이야기 안에서 가장 극적인 순간은 일어날 수 있는 최악의 상황이 벌어졌을 때야. 보통 '위기'라고 하지. 우리 주인공은 정말 원치 않는 일을 맞닥뜨려야 해. 지옥을 통과해야 하지. 생명의 나무가 베어지는 순간, 살인자가 무죄 판결을 받고 석방되는 순간, 연인들이 헤어지는 순간들 말이야.

주어진 시나리오에 맞게 최악의 순간을 만들어봐.

어떤 부자가 죽어가고 있어. 살날은 오직 일주일뿐이야. 부자는 전 재산을 자선 단체에 기부하기로 하는데….

_____

_____

_____

눈사람이 생명을 얻었어. 눈사람은 세상을 탐험하기로 결심하고 북극곰과 친구가 되는데….

_____

_____

_____

어떤 일꾼이 큰 커피 농장에 새 일자리를 구해. 그곳에서 함께 커피 열매 따는 여자와 사랑에 빠지는데….

_____

_____

_____

불평 경보

<트랜스포머 1>에서 기계를 살아 있는 트랜스포머로 만드는 '올스파크(Allspark)'라는 놀라운 장치가 있다는 사실이 밝혀져. 악당들은 당연히 그 장치를 찾아서 더 많은 협력자를 구하고 자신들의 적 오토봇(Autobot)을 파괴하려고 하지. 이 이야기에서 최악의 상황은 올스파크가 악당들 손에 들어가는 일일 거야.

하지만 어쩐 일인지 그런 일은 일어나지 않아. 오토봇 진영은 올스파크를 멀리 치워둔 채 복잡한 전투 끝에 악당을 물리치지. 그 결과 영화는 위기 상황이나 스릴 넘치는 긴장감은 없어 보여. 만약 올스파크가 악당들 손에 넘어갔고, 그것을 기발한 방법으로 되찾아 승리를 이끌어냈다면 얼마나 더 흥미진진했을까? 게다가 메간 폭스(여자 주인공)가 샤이아 라보프(남자 주인공)에게 반하다니! 믿을 수가 없어.

아마겟돈!

네가 사는 도시로 폭탄이 날아오고 있어. 막을 방법은 없어. 너에게는 한 사람에게 하나의 메시지를 보낼 시간만 있어. 누구에게 메시지를 보낼래? 무슨 말을 하고 싶어? 죽기 전에 고백해야 할 말이 있니? 너 자신 또는 캐릭터의 시각으로 글을 써봐.

조각 작업

때때로 네가 쓰는 이야기의 어떤 부분은 흥미진진하게 잘 풀렸을지도 몰라. 오랫동안 상상하고 꿈꾸고 생각했던 거니까. 하지만 나머지 부분을 어떻게 채울지 생각나지 않을 때는? 그럴 때는, 이야기의 중간중간은 기억나는데 전체적인 이야기가 기억나지 않는 책이 있다고 가정해 보는 거야.

종이 위에 쓰거나 그려보는 거지. 이 과정을 편안하게 즐기는 게 중요해. 그게 해답을 찾게 도와줄 수 있거든. 처음부터 끝까지 한 번에 써야 한다고 말할 사람은 없어. 여러 조각을 이어 붙이는 패치워크처럼 조각 글을 써서 한 편으로 잇는 것도 가능해. 잊지 마. 너는 지금 초고를 쓸 뿐이고, 다 쓰고 나서 다듬거나 다시 작업할 수 있어.

행동하는 캐릭터가 이야기를 움직인다

네가 구상한 이야기를 한번 살펴봐. 캐릭터들이 사고를 치고 있니? 아니면 일생일대의 선택 같은 생각지도 못한 사건이 그들에게 벌어지고 있니? 캐릭터들에게 상황이 주어지기만 하고 세상에 영향을 미칠 힘이 없다면 사람들은 그 이야기에 관심을 잃거나 불만을 갖게 돼.

캐릭터들은 종종 그 자리에 머물면서 세상에 나서기를 거부하기도 하지만 삶의 변화 때문에 행동할 수밖에 없게 돼. 너는 캐릭터들을 어디까지 어떻게 몰아붙일 거니? 너는 이 이야기를 책임지고 있어. 인정사정없는 신이 되어야 한다고.

마일스 방금 만든 놀라운 이야기로 설명할게. 네 캐릭터는 비행기를 무서워하는 전직 조종사야. 그는 승무원인 여자 친구를 되찾고 싶어 몇 년 만에 처음으로 비행기를 탔지. 그런데 인터콤으로 조종사와 자동 항법 장치에 문제가 생겼다는 소식을 들은 거야. 전직 조종사는 어떻게 행동할까?

그레그 너무 뻔한 거 아냐?

마일스 그래?

그레그 그리고 그런 이야기는 이미 있어! 영화 〈에어플레인〉의 플롯이잖아.

마일스 절대 아니야!

그레그 맞다니까.

공황 장애를 앓는 캐릭터를 생각해 봐. 무엇에 공포를 느껴? 어떻게 그 공포와 맞닥뜨리게 할까? 무엇이 캐릭터가 자기 발로 공포 앞에 서게 만들까? 무엇이 캐릭터를 움직이게 해?

_____

_____

_____

사운드트랙

무언가 창조할 때 더없이 조용한 걸 좋아해? 아니면 소리나 시각적 자극이 있기를 원해?

마일스 몰두해야 하니까 나는 보통 조용하게 일해. 음악을 틀지 않은 채로 헤드폰을 끼고 있기도 해. 그럼 더 조용하거든. 하지만 요즘 들어서는 특정 프로젝트를 진행하면서 들을 음악 목록을 만들기도 해. 생각이 산만해질까 싶어서 노랫말이 없는 음악들을 선곡하지. 암흑세계를 다룬 드라마를 쓸 때 다프트 펑크Daft Punk(프랑스의 전자 음악 듀오 -옮긴이) 같은 어둡고, 빠르고, 긴장감 가득한 음악들을 들었어. 음악이 그런 식으로 글을 쓰는 데 도움이 되길 바랐지. 웃긴 이야기를 쓸 때는 헨리 맨시니Henry Mancini의 〈핑크 팬더〉 주제곡을 즐겨 들어. 우아하면서도 우스꽝스러운 곡들이어서 듣는 동안 유쾌해지거든. 곡 분위기가 내 글에 옮겨졌으면 하고 바라면서 듣지.

쓰고 싶은 글이나 그리고 싶은 그림을 생각해 봐. 거기에 딱 맞는 주제곡이 뭘까?

좋아하는 독립 영화가 있니? 그 독립 영화에 어울리는 사운드트랙을 만들어봐. 아니면 심리 호러물도 괜찮고. 네가 보여주는 분위기는 얼마나 다를까? 어떤 곡을 선택했어?

영화:

트랙 리스트:

영화:

트랙 리스트:

영화:

트랙 리스트:

영화:

트랙 리스트:

영화:

트랙 리스트:

바쁜 뇌

내향적인 사람들은 자극에 민감해서 조용한 것을 좋아해. 반대로 외향적인 사람들은 자극이 부족하다는 느낌을 자주 받고. 그래서 일하는 동안 시끄러운 음악을 즐겨 듣겠지. 예술가들이 각자 다른 환경에서 일하는 데는 여러 이유가 있을 거야. 맞고 틀린 것은 없어. 너에게 맞는 환경을 찾아봐.

그레그 난 그림을 그릴 때 한쪽에 앉아 있던 반항아 뇌가 투덜거려. '어이, 그레그! 나 너무 지루해!' 그래서 작업 배경으로 넷플릭스에서 방영하는 통속극을 자주 틀어주지. 그럼 이 반항적인 뇌가 순식간에 행복해지거든. 녀석이 한눈파는 동안 나는 일을 계속할 수 있어.

마일스 그레그?

그레그 왜?

마일스 넌 뇌가 두 개라는 거야?

고요

많은 예술가가 완벽한 고요 속에서 작업하길 좋아해. 너도 한번 시도해 봐. 어디든 조용한 곳으로 가. 음악이나 라디오, 스마트폰을 보고 싶은 충동은 꾹꾹 눌러. 우리와 했던 훈련들을 검토해서 다시 시도하거나 발전시켜봐.

고요한 환경이 얼마나 도움이 돼?
집중력이 더 높아져?

이야기를 들려줘

5부에서 우리는 '이야기 뇌'를 활성화시키는 몇 가지 정보와 요령을 살펴봤어. 만들고 싶은 이야기가 생겼니? 이야기를 한두 문장으로 요약할 수 있어? 그것이 네 이야기의 발판이 될 거야.

"어디서 읽었거나 본 것 같은 이야기네"라는 말을 아무에게도 듣지 않길 바라. 누가 그렇게 말했다고 해도 상관은 없어. 〈아기 돼지 삼형제와 늑대〉를 들려준다고 해도 너만의 스타일로 이야기할 수 있어. 비틀기와 바꾸기, 특유의 네 목소리로 너만의 이야기를 전할 수 있을 거야.

지금쯤은 네가 좋아하는 캐릭터, 그들이 사는 세상에 대한 생각, 그들을 위해 구상해 둔 이야기도 몇 가지 생겼겠지? 이제 너의 모든 아이디어를 어떻게 하나로 형식화할지 잠깐 살펴볼 거야.

그레그 그럼 이야기 좀 들려줘.

마일스 무슨 이야기?

그레그 나도 모르지. 위험과 극적인 사건, 죽음을 무릅쓰고 쫓고 쫓기는 이야기?

마일스 좋아. 있지, 우리가 얘기했던 그 괴물들 알지?

그레그 응. 왜?

마일스 그러니까… 도망쳐!

Part 6

✲

바이블에 대한
몇 마디

처음에 얘기했듯이 '창작의 바이블'은 하나의 큰 줄기에 맞춰 너의 아이디어들을 모아놓는 저장소야. 네가 만든 세상을 다시 떠올릴 때 아주 유용하지. '창작의 바이블'의 핵심은 우리가 지금까지 살펴봤던 것, 캐릭터와 세계와 이야기야.

공동 작업을 하는 경우에도 '창작의 바이블'은 하나의 세계관을 창조하는 사람들이 같은 규칙을 지킬 수 있도록 돕지. 모든 TV 프로그램에 바이블이 있는 까닭도 거기에 있어. 하나의 세계관을 만드는 사람이 많더라도 한결같아야 하니까.

혼자 작업하더라도 전혀 방해받지 않고 일하기는 힘들어. 일상이 늘 방해하거든!

'창작의 바이블' 같은 자료를 가졌다는 건 언제든 네가 창조한 세계관으로 되돌아갈 수 있고 너의 놀라운 아이디어를 모두 다시 떠올릴 수 있다는 뜻이야. 그러면 어떠한 상황에서도 프로젝트를 계속 이어갈 수 있겠지.

'창작의 바이블'에는 무엇이 들어갈까?
대개 다음과 같은 구성 방식을 따르지.

- **로그라인** 전체 아이디어를 요약한 짧고 함축적인 문장.

- **한 장의 기획서** 주요 캐릭터, 세계의 성격, 구상한 이야기가 포함돼.

- **주요 캐릭터 소개** 각 캐릭터의 재능과 단점, 생김새 등을 자세히 묘사하면 돼. 그림도 큰 도움이 되지.

- **주요 장소 소개** 장소도 자세히 묘사해야 해. 그림이 생기를 불어넣는 데 도움이 되지.

- **이야기 발판** 전체 이야기를 알려주는 한두 문장. 여러 개의 사건을 다루는 TV 시리즈에서 많이 볼 수 있어.

- **이야기 개요** 하나의 이야기를 좀 더 자세히 설명한 한두 쪽 길이의 줄거리.

어린이 TV 프로그램의 경우에는 교육 과정도 포함돼. 어린이 프로그램은 교육적인 목적을 빼놓을 수 없거든.

'창작의 바이블'은 목적에 따라 모양과 크기가 제각각이야. 프로그램 작가들이 함께 보는 바이블은 캐릭터의 올바른 이해와 창조한 세상에 대한 충실한 설명을 위해서 세부 사항을 세세하게 기록하고 있어. 크기와 양도 엄청나. 프로그램 판매를 위한 바이블은 몇 쪽 안에 내용을 잘 다듬어 넣어서 길이가 엄청 짧아져. 투자자들은 캐릭터의 복잡한 배경을 깊이 알고 싶어 하지 않아. 한눈에 파악하고 빠르게 평가할 수 있기를 바랄 뿐이지.

편집자 주: 맥라우드 형제의 '창작의 바이블'은 우리가 잘 아는 시놉시스와 트리트먼트를 말해. 짧게 적는 버전은 시놉시스, 회차별 줄거리까지 적는 상세한 버전은 트리트먼트야.

Part 7

✳✳✳

마지막의 끝

모든 것의 종합

마일스 와우, 7부다!

그레그 그래.

마일스 이제 원료가 잔뜩 생겼군.

그레그 가장 먼저 진행하고 싶은 아이디어도 있겠지?

마일스 주인공은 정해졌을 거고, 조연들에 대한 구상도 많을 테고, 그들이 사는 세상과 하고 싶은 이야기도 생각했겠지.

그레그 너만의 만화든 애니메이션이든 책이든, 무엇이든 지금이 시작하기 가장 좋을 때야. 무슨 내용을 담을지 잘 알고 있어서 상상력의 한계에 갇히거나 추진력이 떨어질 위험이 적거든.

마일스 원료들은 네가 만들어놓은 세상을 머릿속에 생생하게 담을 수 있도록 도와줄 거야. 너는 그걸 거대한 종합체로 생각해 볼 수 있을 거고, 그러면 더 많은 아이디어와 가능성이 생겨날 거야.

그레그 기억해. 너의 창작품을 소셜 미디어에 공유하고 싶다면 #cyoucreate 라는 해시태그를 달아줘. 우리도 보고 싶으니까.

창작은 호흡이다

그레그 너는 원료를 다 가지고 있구나.

마일스 원료가 전부는 아냐.

실제로 이야기를 쓰기 시작하면 캐릭터들이 변화하거나 진화해 나가. 생기를 불어넣는 순간 그들은 더 이상 고정되지 않고 호흡을 하거든. 그들은 '행동'하기 시작하지. 더 이상 네가 생각하는 개념이 아니야. 그들은 이제 이야기 안에서 살아 움직이는 캐릭터로 사건에 스스로 반응해. 캐릭터는 이렇게 이야기에 적응해 가는 게 좋아. 네가 편의대로 그들을 바꾸지 않는 한 말이야.

잠시 등장시킨 캐릭터가 중요한 캐릭터가 되고, 중요한 캐릭터가 완전히 빠져버리기도 하니 마음을 비워. 문제될 건 없어.

버튼의 공포

'보내기' 버튼에 공포를 느끼지 않니?
이메일의 내용을 적고, 아이디어를
첨부한 뒤에 보내기만 하면 되는데….

저놈의 '보내기' 버튼,
저게 마지막인데 말이야.
조언을 좀 하자면

당장 보내!

JUST HIT THE SEND BUTTON!

피드백

피드백과 관련해 한마디 할게. 네 아이디어에 피드백을 받는 건 아주 좋아. 하지만 적절한 때와 최고의 상대를 선택해야 해. 스티븐 킹은 『유혹하는 글쓰기』에서 초고 작업을 할 때는 누구에게도 알리지 않는다고 했어. 전체 이야기가 완성돼야 피드백과 조언을 구할 여건이 돼. 너무 일찍 사람들에게 보여주면 반갑지 않은 참견과 의욕을 꺾는 피드백을 받게 될 위험이 있어. 고통스럽겠지만 네 아이디어에 자신감을 갖고 홀로 끝까지 밀고 나가. 취약한 부분은 피드백과 조언을 받아서 두 번째 원고에서 고칠 수 있어.

네 아이디어를
모두 합치려고 애쓴 뒤에는
꼭 함께 일하는 걸
추천해.

동의하는 바야.
백짓장도 맞들면
낫다고 하잖아.

놀라운 일은 바로 지금부터!

마일스 야생의 세계에서 창작자로 일하면 당하게 되는 일, 나도 몇 번 겪었지.

그러니까 마일스,
여기에 기본 아이디어가
있어.

개나 고양이에 대한 얘기야.
그들은 몇몇 친구들과 함께 살아.
그중에 슈퍼히어로가 있지만
다른
친구들은
아무도 몰라.

알겠어요. 괜찮군요.
저는 개와 고양이를
좋아해요.
슈퍼히어로도
좋아하고요.

잘됐네.
그럼 이야기 하나 써줘.

뭐라고요? 지금요?

부탁해요!

처음에는 이런 일이
생기면 당장 뭔가
만들어내려고 노력했어.

음, 개가 있었는데… 그 개는…
순무로 변하는 능력을 갖고 있었
고… 도난당한 치즈를 둘러싼
미스터리를 해결해야
했습니다. 그리고
음…
어떻게 생각하세요?

여보세요?

때릉
때릉
때릉

경험 끝에 배운 것은…

나는 재주넘는 원숭이가
아니라는 거지. 물론 너도
그렇지?

지금 뭔가 드리고 싶지만, 좀 더
고민하면 더 확실한 아이디어가
나올 것 같아요.
문서로 작성해서
보내겠습니다.

좋아,
잘 읽어보지.

창의력의 소진

이 책은 주로 아이디어를 끌어내는 일을 다루는데, 넌 프로젝트를 진행하느라 눈 코 뜰 새 없이 바쁘다면 어떨까? 지치고, 신물 나고, 의욕은 완전히 꺾이고….

이럴 땐 창의력이 바닥났다고 하지. 하지만 창의력이 바닥난다는 게 있을 수 있는 일일까?

난 그렇게 생각해.

나도.

창의력은 근육과 같아. 무거운 것을 많이 들면 쉬어서 회복할 시간을 줘야 해. 이런 상태에 있다면 일어날 수 있는 일이 여러 가지 있어.

그레그 창작에서 그만 손 떼고 싶을 수 있어.

마일스 아니면 해야 할 일(돈 받는 일)을 제쳐두고 다른 아이디어(혹은 아이디어들)에 매달려 있는 자신을 발견하거나.

다행히 이런 일은 지나가. 곧 회복되거든. 일에서 잠시 손을 떼고, 쉬고, 휴가 갈 방법을 찾을 수 있다면 그렇게 해. 스스로 자신에게 1년 365일 24시간 내내 창의적이어야 한다고 압박하지 마. 너는 기계가 아니야!

CREATE FOR AN AUDIENCE, BY ALL MEANS.

BUT ALWAYS CREATE SOMETHING MEANINGFUL FOR YOURSELF.

관객을 위해 창작하되 스스로 의미 있는 것을 창작하라.

마지막의 끝이란 장의 끝

끝의 끝이네, 그레그.

마일스, 끝이란 없어.

다음 이야기나 그림, 노래가 있다는 거야?

물론이지. 끝은 시작일 뿐이야.

특히 영화 〈호빗〉을 세 편으로
질질 끌려고 애쓰고 있다면 말이지.

좋은 지적이야.
그럼 이게 진짜 끝이 되어야겠네.

그렇지.

끝!

NOW GO AWAY AND MAKE SOMETHING!

:
:

자, 이제 가서 뭔가를 만들어!